Folco Chevallier

隐形共生

PAR-DELA LES APPARENCES

[法] 富尔科 · 舍瓦利耶 著　吕 莹 译

西南师範大學出版社
国家一级出版社 全国百佳图书出版单位

献 给

卡罗琳（Caroline）

我的两位公主和两位超级男孩儿

他们是我的世界里最重要的人

“只有用心，才能看得清。重要的东西，眼睛是看不见的。”

——安托万·德·圣－埃克苏佩里,《小王子》

SOMMAIRE 目 录

幕　启 *Prologue* **001**

苏　醒　003

第一站　005

第一幕：利奥波德 *Première Partie Léopold* **011**

不法之雾　013

旧金山综合医院心脏科 425 病房，第 1 天　016

“电子羊”晚上也做梦　019

纽约西奈山医院心脏科　021

旧金山综合医院心脏科 425 病房，第 7 天　023

旧金山康复医院，第 60 天　025

旧金山康复医院，30 分钟后　032

纽约索霍区　036

旧金山，101 国道　038

纽约索霍区，同一时刻　041

旧金山，101 国道　043

旧金山，阿尔　048
旧金山，夏娃　056
《纽约时报》“今日头条”　061
推特　062
麦迪逊广场花园后台，演唱会开场前 30 分钟　063
洛杉矶，初次接触　067
旧金山，幻觉　070
推特　072
曼哈顿 33 街，面朝哈德逊河的方向　073
人造眼泪　075
麦迪逊广场花园　081
曼哈顿 33 街，哈德逊河边　083
旧金山，“谷歌”我自己　085
《劳拉 · 黛拉之谜》（载于《纽约时报》）　090
纽约索霍区，劳拉 · 黛拉的 Loft 公寓　091
《所有新闻均直击硅谷现场》（载于《硅谷内幕》）　095
数字化倒退　097
新思维公司总部，董事会会议室　103
纽约索霍区，劳拉 · 黛拉的 Loft 公寓　108
布鲁克林，失乐园　111
旧金山，重生　115

第二幕：劳 拉 *Deuxième Partie Laura* 125

劳拉 127

爆发点 130

关键诊断 133

纽约，今天 137

旧金山，同一时刻 140

在空中……在纽约和旧金山之间 142

发蜡帅哥 144

邀请函 149

达美航空 447 号航班，从纽约到旧金山 150

玩具总动员 154

天使歌姬 158

夏娃——油管 163

旧金山，诸神之战 166

月亮的背面 172

失落的心 176

光速传播 181

歌唱 184

时空 189

“0”和无穷大 194

第三幕：夏 娃 *Troisième Partie Ève* 197

不可思议的真相 199
宝藏 204
补偿 206
新的希望 207
像皮筋一般 212
消磁 217
再来一遍 220
魔镜，美丽的魔镜 224
一个近乎完美的计划 230
接触 232
两个我 240
出发 242
单程票 247
痦子 249
嫉妒 252
速度 254
秘密 256
交叉点 261
光 262

真相大白　266
推特　274
旧金山综合医院重大事故手术室　275
旧金山综合医院服务台　278
《你属于我的心》　282
跳下去　285
美国有线电视新闻网（CNN.com）　288
纪念体育馆，洛杉矶（三个月后）　289

尾　声 *Épilogue*　**291**

《每日科技新闻》（*Tech Daily News*）　293

致　谢 *Remerciements*　**297**

译后记 *Postface*　**298**

幕　启

PROLOGUE

怦

怦

怦

怦

怦

怦

苏　醒

睁开双眼，我的所有感官立刻被眼前的景象所侵袭。

天，是黑的。

我的面前矗立着一座城市，灯火通明，闪耀如匣中钻石。我隐约辨认出远处仿佛有一座山，在月光的照耀下显示出清晰的轮廓。

我感觉到这座闪闪发光的城市近在咫尺，触手可及，但我们之间横亘着一条咆哮的水沟——不，那是大海。

海面上波涛汹涌，波浪在痛苦的咆哮声中相互碰撞，浪花溅到了我的面前。

而我，站得如此之高！

此刻，我的目光落在左手上，它正紧紧地握着一根金属杆。接着，我又看到了自己的双脚，正踏在一个几厘米厚的金属钢架上。

我的心跳每分钟 170 次。

我不知道我是怎么知道的，但我就是知道。

正如我知道我面前的这座城市就是旧金山一样。

我还知道，这个金属钢架是金门大桥的安全护栏，67 米高。

风越来越大。我握着金属杆，但坚持不了太久了。

在这种境地下，我实在无法理智思考，甚至想不到怎样才能从这里下去。

因为我根本就不知道自己是怎么来到这里的。

我害怕吗？

这个场景如此不真实，仿佛在梦里。

可是，拍打在我脸上的狂风又是那么冷酷，那么真实。

于是我又想：假如我就此消失，会失去些什么？

然而，我此刻连一张面孔、一个名字都想不起来。

“到我们这儿来……”下面的海浪仿佛在低声地呼唤着我。

“别怕。”月亮说。

“再往前走一步吧！”这座城市补充道。

于是，我的手指一点点儿地、慢慢地松开了，任由自己随风而去……

第一站

天气预报说，今天夜里纽约会有一场暴风雪。媒体总是擅长搞些噱头，还给它起好了名字——“怪兽风暴”。这应该会是一场“世纪暴风雪”，下一场和下下一场暴风雪也一定会有这样的名头。

从下午5点钟开始，许多纽约人都已回家。雪花轻飘飘地落下。街上空无一人，这很罕见。

夜幕降临的时候，一切似乎都会显得夸张：仅仅用了几个小时，路上、房顶上就披上了货真价实的“雪白大衣”；气温比白天下降了15度还要多，出门这件事也变得更加危险。

然而，已经在这座“永不停歇的城市”里居住了十多年的劳拉·黛拉（Laura Della）刚刚才意识到下雪了。她的这一天，被安排得满满当当……腾不出一分钟的时间来关心一下周遭的世界。今晚，她必须去布鲁克林，去见一位已经约好要去拜访的重要人物。她只是心不在焉地听了一下天气预报和暴风雪警报。她从没想过要取消这次会面。

在收拾好东西离开索霍区[①]的公寓前，劳拉就察觉到自己有发烧的迹象。这位年轻的姑娘已经迟到了！从今天一开始，所有的事情就仿佛密谋好了一般，就是要让她迟到——先是那个新上路的出租车司机，迷路三次；接着是照片重拍了20多次；然后又碰上一个新手司机送她回家，竟然又迷路两次。看来诸事不顺！

就这样，从今天一开始，她就浪费了很多时间。现在，所有的地铁线路又都因为暴风雪而停运了。这点是她没想到的。走去布鲁克林是绝不可能的，她又得找辆出租车。

有没有可能碰到第三个新手司机呢？想到这里，她笑了起来，心脏传来一阵轻微的刺痛。

“没时间再拖延下去了，我必须得出发了。”

劳拉锁上公寓的门，急急忙忙下了楼，往百老汇大街走去。

① 索霍区（Soho）是纽约曼哈顿的一个艺术村，有大量的艺术家于此工作和居住，整个区由Loft为主的古旧建筑物构成，有众多的画廊和高端时尚连锁店。——译者注

外面的温度已经骤降，空气有种罕见的纯净。一簇簇雪花成片成片落下，越下越密。

街上一个行人都看不见了。

一辆车都没有。

劳拉感觉到心脏在颤动。

她之前承诺过一定赶到的，不能半路又返回去。

她沿着百老汇大街，往第十四大道走去。她知道，两条大街的交汇处比艺术村中心打到车的概率高一些。她在街上走了整整10分钟，独自一人。有一瞬间，她以为自己好像看到了街上的其他行人，却发现是被雪幕中路灯折射的光给欺骗了。只有铺天盖地的大雪，不停地落下。

她越走越觉得穿过眼前白茫茫的一切机会渺茫，可她不想认输，她太了解生活的奥秘了。她知道，无论情况如何，“可能”都孕育于“不可能”之中。

老天完美地接收到了她的讯号。

汽车的两道灯光穿透夜色照到了她的身上。劳拉举起胳膊扬招。

在她身边停下的正是一辆出租车。

司机降下车窗 :“您要去哪儿？”

“布鲁克林波罗的海大街 27 号。”

“女士，您可真走运！我正要回家，就在布鲁克林。快上车吧！”

这可真是巧！守护天使来得真及时。劳拉谢过司机后，打开车门钻进他的黄色出租车，坐在了后排厚实的座椅上。车上的空调暖气开到了最大，她有种倦鸟归巢的快活感。

随着司机换挡启动车子，劳拉从手袋里掏出了一面随身镜，开始为约会补妆。劳拉美得令人惊艳：瀑布似的乌黑长发衬托着瘦瘦的瓜子脸，闪亮的杏眼宛如绿宝石，一米八的身高和纤瘦的身材可以达到模特儿的标准。

“……暴风雪比预期来得还要快，纽约市市长再次提醒所有本地居民要小心防范……”广播刺啦刺啦地响着，传来一连串的坏消息。劳拉漫不经心地听着，直到听见一条对她来说至关重要的消息。

“……我们宣布，立即关闭布鲁克林大桥、罗伯特·肯尼迪大桥和乔治·华盛顿大桥……”

劳拉放下了手中的镜子，轻轻地敲了一下将她与出租车司机隔开的那块玻璃挡板。

“您听到了吗？布鲁克林大桥封闭了！”

“是的女士，我听到了。我真担心我们没办法离开曼哈顿。”

“那威廉斯堡大桥呢？”

“那是唯一的机会了，但是我们还有整整 10 分钟才能开到那儿。雪越下越大了。天太冷，路越来越滑……我无法给您做任何保证……”

劳拉透过车窗往外看，只有白茫茫的一片，雪倏然地下着。司机试图加速，车轮却因打滑达不到应有的速度。车行驶得越来越慢了。雨刮器已开至最大，可似乎还是不足以刮净大团大团落在前挡风玻璃上的雪。远程车灯也只能让他们看见近前的东西。

劳拉心跳加速。她突然觉得自己仿佛与世隔绝了。多么奇怪的感觉啊！在一座有近千万居民居住的城市中央，坐在一辆出租车里，竟会产生这样的感觉。

她又敲了敲那层玻璃挡板 :“您觉得我们离大桥还很远吗？”

司机的处境十分艰难。她感觉到了。但是，和她一样，他也不想放弃——家里肯定有亲爱的家人准备好了热腾腾的饭菜正等着他。

“我……我觉得情况变得更糟了……”

车子偏离了车道。绿灯亮着，司机没看清，一踩刹车，车子硬生生地停下了。司机再次启动车子，就在这时，左侧猝不及防地出现了两道大灯的灯光。

司机用尽全力踩死刹车，但车子不听使唤，滑向河堤。

“不要这样，现在不可以！不可以！”劳拉盯着对面飞速而来的车灯，默念着。

“快！要撞上了！”司机吼道。

劳拉迅速环顾四周，只在左侧发现一个半旧的扶手。她用尽全身力气，紧紧地抓住了它。

两辆车都试图做最后的挣扎。但是，有一只看不见的手，牢牢地攫住了它们，不让它们逃出既定的轨道。

劳拉瞪大双眼，屏住呼吸。

撞击，来得短促而剧烈。

两辆车，完全腾空，双双被顶到了数米高。然后，翻着身，先后重重地落在了结冰的地面。

这是劳拉·黛拉的第一站。

第一幕

PREMIÈRE PARTIE

Léopold 利奥波德

不法之雾

我周遭的一切都在晃动。

然后，我听到了……

“那心脏呢？”

“心跳很弱，非常弱……”

“医生，信号没了！……信号没了！”

“1.5 克肾上腺素！快，快！”

“血压降下来了，体温过低。”

“停了！心跳停了！”

“马上准备除颤！”

“1——2——3！除颤！”

怦——怦——

这是什么意思?

“怎么样？”

“无效！”

“再来！”

“1——2——3！”

怦——怦——怦——

懂了。好痛!

“怎么样？”

“无效！”

无效？无效？这是什么意思？什么无效?

“体温 28 度，过低。”

“结束了，医生。再没什么可做的了。”

“不。再试最后一次！”

“给除颤器充电！”

“快，快！”

“1——2——3！充电完毕！”

“电击！”

怦怦怦怦怦——

“有信号了！医生，心跳很弱，但有信号了！”

“体温回升了……”

“救回来了！”

“是的，但是他坚持不了太久……呼叫器官捐献中心，得尽快做心脏移植手术……”

一股强劲的暖流围绕着我。

我活过来了。

旧金山综合医院心脏科 425 病房，第 1 天

看不见。

眼皮太沉重了。

动不了。

我的身体好像不能对我的任何一个指令做出反应，就像和中央处理器断开了连接一样。

可是，在这具对我来说如此陌生的身体里，我感受到一股巨大的暖流……

既然我能意识到这些，显然是因为我已经活过来了。

等等！我又感觉到一阵轻微的颤动！

是的，就是这样，它像一阵波浪，来回涌动，就在我身体的某处，靠近大脑的地方……

波浪开始打旋，行至我身体的最深处，又缓缓地倒流着回去……

我全神贯注。

有一个声音！不，也许是好几个！

好像听到几个字词！听到了句子！

我听到了。

“……他真幸运……”

“……那么，您觉得他……”

“……他可能……要保持希望……”

“……康复？”

“……要很长时间……还会有后遗症……”

是一个男人吗？

不，是两个。其中一个肯定是医生，他的语气非常像医生。另一个就难猜了。他的话更多是出于好奇，而不是因为着急。

“……这太可怕了……这种行为的原因是什么？……”

“……不清楚……要做好预防措施……”

“……我现在该做些什么？”

是个女人，她的声音温柔而殷切，带点儿嘶哑。她似乎很震惊。或许我对她来说很重要？我试着挤出一丝微笑……这也许能让她放心一些？

“……是时候离开了。医生……”

不！等等！你们不能就这样丢下我！

“……几天后回来……情况稳定了，但是……复发……”

“……时间……很长时间……”

求求你们，别这样丢下我！

一阵新的颤动划破了我的长空……

细腻、柔和、闪耀，但又平静。

我任由自己随着它的节奏晃动。

他们都离开了……

这不再是话语声了。

那是什么呢？

“电子羊”晚上也做梦[①]

我做梦。

从早到晚，又从晚到早。

梦里总是重复着同样的故事。

先是看到矗立在我面前的这扇巨大的金属门，它由一整块金属制成，银光闪闪。我抬起头，没看到门顶。门上没有把手。我

① 此处“电子羊”（les moutons électroniques）这个概念，来自美国科幻文学大师菲利普·K. 迪克（Philip K. Dick）的小说《仿生人会梦见电子羊吗？》（*Do Androids Dream of Electric Sheep?*）。迪克的这部作品，详尽地讲述了人类在一个崩坏的环境中复制自己并奴役这些仿生人的故事。故事发生的地点主要在旧金山，与本书主人公利奥波德所在的城市相同。迪克的这部小说还指出，机器人也有直觉，它们不只是可以飞快运算的机器，它们也会思考、睡觉和做梦，而如果仿生人做梦，就可能会梦见电子羊。科幻电影的经典之作《银翼杀手 2049》（*Blade Runner 2049*）正是根据这部小说改编的。——译者注

可以想象得到，所有曾试图打开这扇门的人，都品尝到了刻骨的失败。

这扇门，为我而存在。它认出了我，叫出了我的名字。

我把手轻轻地放到这块坚硬的金属上，触碰到它的一瞬间，它就熔化了。接着，门上显示出一个表盘，上面有六个按钮，按钮上刻着不同的符号。我自信地输入了密码，门立刻就消失了。接着，我的面前出现了一面“机器墙”。

我看到一些我觉得从未见过的电脑，这些电脑的屏幕是三角形的，键盘由包含有 12 个不同颜色的按钮组成。电脑和电脑之间，通过管道连接在一起。管道里的液体飞速地流淌着，那是一种半透明的天蓝色液体，它们似乎有着自己的生命力。

这些电脑都未被开启。我只听到液体的流动声。

我稍稍犹豫了一下，然后向“机器墙”走近了一步。突然，蓝色的液体开始闪烁!

所有的三角形屏幕（大概有一千多块）都开启了，亮了起来。所有的屏幕上都出现了同一张脸。

我认得这张脸。

那是我。

屏幕里的“我”激动不已，脸上带着灿烂的微笑说 :“利奥波德，欢迎回家。”

纽约西奈山医院心脏科

他们一听到消息就赶来了。

暴风雪让事情变得棘手起来。

劳拉被送到医院。在暴风雪的影响下，她的心脏科医生想要及时赶到为劳拉诊治变得困难重重，与她父母的联系也被切断。而此刻，心脏手术迫在眉睫，但必须先得到她父母的授权。

现在，爱德华和玛丽亚都已经赶到了，来到了他们女儿身边。自从劳拉被发现有一种异乎寻常的畸形之后，他们的生活就发生了翻天覆地的变化。

劳拉在病房里，仍处于昏迷之中，脸庞上还带着因遭受了那场可怕的猛烈撞击而留下的伤痕。要想让伤痕完全消退，恢复天使般的面容，那得花上好几个星期的时间。

劳拉的主治医生费利克斯 · 勒马尔尚走进病房。他面带倦容，略显僵硬的高大身形一如既往地令人敬畏，肩膀却罕见地塌了下去。他得向玛丽亚和爱德华说明劳拉的病情，他很害怕这个时刻。

他感到迷茫，那是一种眩晕的未知。

“睡吧，美丽的劳拉！”他默念着，“睡吧，我的天使！好好休息，因为你将要面对的，需要你有足够的力量和勇气。我知道你有多么坚强，也知道你是如何令人钦佩地度过了这些年。但是，你接下来要面对的一切，与过去截然不同。”

仿佛是感应到了费利克斯的想法一般，劳拉在睡梦中露出笑容，仿佛在说 :“别担心，我知道的。一切都会好的。”

然而，费利克斯知道，他从前认识的劳拉以后将不复存在。

无论情况发生什么转变，劳拉都绝不会再和以前一样了。

旧金山综合医院心脏科 425 病房，第 7 天

我疼。

浑身都疼。

的确是。

从头到脚。

我从来没有这么疼过。

我的整个身体，仿佛被一股奇怪的力量入侵了。这种力量让我感受到一种强大而具有毁灭性的威胁。在这场战役中，我身体的全部力量都被调动了起来。

我的血液里上演着日复一日的战役——而我，身陷昏迷，只能无力地参与着。

我哭了。

为我心中的每个牺牲者哭泣不止。

我很想结束这场我从未要求参与的奇怪战役。

可我不知道该怎么办。

我每天只能听到医生和看护之间的对话，只言片语，我什么都听不懂。

我像拳击手那样被击倒，站着被 K.O.（击倒），然后又昏睡过去，失去意识。

我再也不知道我是谁了。

旧金山康复医院，第 60 天

手术后两个月。

我从窗口向外望。崭新的生活正朝我伸出双臂：穿过枝丫间的那第一缕阳光象征着希望，那是新生活和无尽的快乐向我发出的邀请函。

就这样，我重生了。

我始终不明白，为什么我会把第一次的生命机会给搞砸了。

我怎么会在那个雷电交加的深夜，出现在 67 米高的金门大桥顶层的安全护栏上呢?

最糟糕的是，我不知道我出现在金门大桥上之前是做什么的? 我曾经是谁? 过去住在哪里? 谁曾爱着我……

他们告诉我，我因撞击而受的创伤是如此严重，以至于我只能把全部精力都集中起来忙乎“康复”这一件事，把其他一切“无关紧要”的机能都关闭起来——我要把我的能量，百分之百地用于实现“康复”这个唯一的目标。

而现在，一旦系统被“重启”，那些“无关紧要”的功能就逐渐被激活，我的记忆会慢慢恢复。

这样也好。为什么不呢？

不过，我本能地还会有些疑问。

更换心脏，这可不是一次简单的人体“重启”啊！……

我沉浸在自己的思绪里，没听到门被打开的声音。

门口站着一位金发女子，宛如雕像般精致，她有着丰盈的嘴唇和傲人的胸部——都用硅胶填充过。我无法辨认她的年龄，毕竟，经过浩大的整容工程后，可能会让我的推测与她的实际年龄相去甚远。她可能只有 20 岁，也可能已经有 40 岁……她是护士吗？不，她穿着一件淡黄色的短款上衣，一条电光蓝的迷你裙，高跟鞋的鞋跟足足有 10 厘米那么高。在我看来，她不像是那种“穿制服的人”。

她可能是走错房间了。

她先是犹豫了一下，然后对我露出迷人的微笑。

她走到我面前：“利奥波德，我的爱人。”

她当时的确是这么跟我说的，这毫无疑问。

我们之前是认识的，甚至非常熟悉。

我挤出一丝有些勉强的微笑，这种微笑似乎并不是发自内心的。在这间简朴的康复医院里，看到这样一位“人造美女”，实在让我感觉太不真实了。

尤其是，我还不知道该回答什么！对于她，我想不起任何名字，没有一点点儿的回忆。全然没有，零！

这位“金发肉弹”[①]，很抱歉，但这是我当下唯一能给她起的名字了……抱住了我，热情地吻我。

传说公主的吻能让青蛙立即变身，一切都恢复成从前的样子。

我等待着，期盼着，勉强试着去回应这位公主的吻。我感觉这个吻仿佛持续了很久。

但是，那个吻结束后，我清楚地意识到我还是一只青蛙。

去他妈的“传说”。

我们的双唇慢慢分开，如慢镜头一般。

我睁开眼睛，感觉到她那炭火般的目光锁定在我的身上，这目光里混杂着欲望与爱情。

我要假装一下吗？怎么称呼她呢？“亲爱的，我的爱人”还是“小姐，女士”？

---

① “金发”和“炸弹”这两个词对应的法语单词分别是blonde和bombe，缩合起来就是blombe。此处根据文中对这位女子的外貌描述译为“金发肉弹”。——译者注

她在我的眼睛里看到了慌乱，眼神变得局促不安起来。她后退几步，温柔地看着我：“你不记得我了，对吗？”

“是，我不记得了。很抱歉。”

她犹豫了几秒，转而脸上重新露出微笑。

她用手轻抚着我的脸颊：“明白了，我的爱人。”

是时候让我知道了。

一次紧急手术后，被我丢弃了的生活重新向我伸出双臂。而它过去是什么样的？

“现在，把一切都告诉我吧！我是谁？你是谁？我是做什么工作的？我为什么要自杀？我想知道这一切。”

“我们有的是时间，利奥波德，别着急。”

“就现在吧！我准备好了。我被关在这个康复中心已经快两个月了，与世隔绝，没有时间概念，与现实也脱节了。我渴望了解我的过去。这两个月，你在哪里？”

“在你身边呀，利奥波德，我每天都在呼唤你。但医生禁止我来看你，也不让我跟你说话。他说你试图自杀，但被抢救回来了，手术后你就失忆了。医生说，你经历了这一切后需要好好休息，要静养，得跟现实环境隔绝。”

我第一次真真切切地看着她。

“你是谁？”

“我叫阿波洛尼亚。我不是你妻子，但是我们已经在一起两年了，如果说每个星期见几个小时算得上‘在一起’的话……”

“我们有孩子吗？”

她迟疑了一下，然后慢慢地把脸转向了窗户那边。

“没有，利奥波德。我们刚在一起的时候，你就对我说你不想要孩子。”

“为什么？”

“‘太麻烦了’，你当时是这么说的。对于你之前的生活来说，那些你想做的事，你想要成为的人——对这些来说，养孩子是太麻烦的事了。”

“那么我想变成什么样儿呢？”

“利奥波德，对不起，亲爱的，如果我们相信医生，那我们最好是慢慢来诉说过去。”

我坚持要问下去。

我是一个幸存者。

多亏了科学的奇迹！我战胜了死神。

那么现在还有什么能让我害怕呢？！

“阿波洛尼亚，请原谅我还不能称呼你‘亲爱的’或是‘我的爱人’，但是，我要冒昧地坚持问下去。我们明天继续这场对话和现在继续有什么区别呢？现在，我感觉身体好极了。我向你保证，我觉得我一切都很好，甚至可以说非常好！我充满活力。我现在甚至都不知道我当初怎么会想到要去自杀？所以，你没什么好担心的。”

这下轮到她真真切切地看着我，看着我的眼睛了。我感觉到她在做思想斗争。她隐藏了哪些秘密呢？她深吸了一口："利奥波德……"

她的手机响了。她看了一眼来电显示，犹豫着要不要接。铃声都停止了，她仍未接。

"利奥波德……"

手机又响了。

"接吧！"我对她说。

"不要现在接，不，我不要现在接。"

铃声停止了。接着，又响了起来。

阿波洛尼亚怒气冲冲地抓起手机，走到窗边听电话。

"喂？……是的……他很好……准备出院了……不……不完全是这样。不是的……我觉得还是太早了……我很清楚现在的情况，可是你……好的……但是请相信，我会……好的……一会儿见……"

她转身走向我，我隐约看到她眼睛里噙着的泪。

"利奥波德，你马上得回旧金山。穿上衣服吧，有人要来接你了。"

"阿波洛尼亚，现在有你陪着我就够了。你还有那么多事情要告诉我。现在还有谁比你更值得我去注意呢？"

"好好听我说。你生命中有三个重要的人，我是其中之一，还有一个是你的合伙人。我刚才就是在和他通电话，他现在马上要过来。他会给你线索，让你了解谁是那重要的第三个人。”

“比我们之间的关系还重要？”

“要是你知道的话，我的爱人，要是你知道的话……”

旧金山康复医院，30 分钟后

接到那通电话后，阿波洛尼亚就对所有与我的生活密切相关或不太相关的事闭口不提了。我只好沦落到靠做一些愚蠢的假设去想象过去，那些假设显然是错误的。我不想再猜下去了！

阿波洛尼亚把我的东西装在一个褪色的破旧塑料袋里给了我。那是“欢迎重新来到这个世界”的一整套礼物……其间暗含着解密“我是谁”的蛛丝马迹吗？无论如何，总算可以摆脱睡衣和运动服了。自从做完手术之后，我就一直被困在这些衣服里。我把手伸进塑料袋，有些惊愕地从里面掏出了一条磨破的旧牛仔裤、一件“硬摇滚”T 恤、一件红色的套头毛衣和一双白得发光的崭新的篮球鞋……她肯定是随手拿的。

“我希望你会喜欢你曾钟爱的这套行头！”

“快安慰我一下吧！阿波洛尼亚，我家里还有别的东西吗？”

“当然有。一百多双其他款式的白色篮球鞋。”

“我收藏白色篮球鞋吗？”

“我不知道用‘收藏’这个词是不是合适，但是你对篮球鞋特别着迷。对，是雪白的篮球鞋。你曾经可以，或者你现在也可以。你还不知道吧，你每天是要换四次鞋的？”

我穿上了我“钟爱的行头”，拖着步子走到浴室，去照照最后组装好的我（至少外表上是组装好了）是什么样子。

穿戴整齐后，镜子前出现了一个身材高大的年轻男人。他25岁上下，体型瘦弱，手掌大大的，留着一头棕色短发，眼睛是海蓝色的。我应该有一米九五高，甚至可能有两米。我无法判断我是不是很帅，但是，我感觉自己还不错……就是这条磨破的旧牛仔裤和红色套头毛衣差了一点儿。

个子很高……一双大手……篮球迷……“娶了”一位“金发肉弹”……是的，我过去应该是篮球运动员！我闭上眼睛，想象自己在球场上……感觉自己充满斗志，像狮子一样振奋……我拿到球……奔跑……靠着我的“吉祥物”篮球鞋的助力……腾空而起……

不行……就和两个月以来一样，我还停留在幻想之中……始终回忆不起任何有关过去的清晰画面！

咚咚。

“请进来。”

我从浴室出来，迎面撞上了另一个……怎么说呢……是个型男——这是一个帅气的家伙，乌黑发亮的头发上涂抹了三倍的发蜡，嘴角挂着胜利者的微笑。他穿得像位英国绅士，整齐的三件套西装……

我不安地瞥了阿波洛尼亚一眼。

别告诉我，不，千万别告诉我这家伙就是我的合伙人……拜托……

这个帅气的家伙走向我，始终面带微笑……他大大地张开了双臂……我本能地轻轻向后退了一步……他朝我扑过来，用力抱住了我。

“利奥波德，见到你真是太高兴了！”

他继续抱着我，紧紧地。他要是再不松手，我就要喘不过气来了！

“你不会知道我们有多想你。几个星期以来，我都要求和你说话或者来看你，但是这些医生实在太难缠了……禁止我们接触你。不过现在好了，一切都会恢复正常的，一切都会好起来的。你又回到我们身边了，利奥波德。”

这个场景让我感觉非常不舒服，几分钟前我已经和阿波洛尼亚上演过一次了。还有，我该怎么称呼这位神秘的黑发男子呢？

阿波洛尼亚把我从这种尴尬中解救了出来。

“利奥波德很可能没认出你来，马克，或许你可以对他少表露一点儿感情。”

马克。那么，这应该就是他的名字了。他松开了抱紧我的双臂。我又可以自由呼吸了。现在我明白了，不仅仅是他的身体让我喘不过气来，他浑身像糖浆一样的香水味儿也把我熏得快要窒息了！

“美女，你说得有道理。对不起，对不起……利奥波德，我要把一切都讲给你听！我肯定，你那睿智的大脑会把一切都重新串联起来的。我们再也没有时间可以浪费了，你可以尽管信任你的老搭档，我一定会让你尽快恢复的。”

他刚刚叫我的未婚妻“美女”……嗯，是的。不幸的是，这个家伙真的就是我的“老”搭档……

马克握住我的手，拉着我向房门口走去。

“该走了，利奥波德。我开了你的车来，或许它会让你想起一些美好的过往。”

我还没来得及说什么，就来到了车前。这是他带给我看的最漂亮的车子。

纽约索霍区

在这间宽敞的 Loft 公寓里，有什么东西已经变了。

过去温柔地照耀着劳拉画作的这束光，这束平淡无奇又绚烂夺目的光，如今已变得暗淡。

这台纽约的 Loft 公寓里特有的电梯缓缓启动，带着刺耳的嘎吱声。

几分钟后，公寓入口处的金属门打开了，劳拉步伐不稳地从电梯里走了出来。

她会在这里重新发现什么呢？在发生了那样的事故之后，她的情况如何呢？

劳拉又往前走了一步。

睡美人的城堡，她想。

一切都在时间中凝滞了。画笔散落一地，调色盘里的颜料已经干裂了。她想，角落里应该还能发现一两张蜘蛛网。一切如常。她之前从未想过会在60天后重新回到她的蚕茧里……

发生了一些引人注目的事，但是没有人看到。

没有人看到，除了劳拉。

突然，那束光一下子又染上了另一种色彩。

每一束阳光都开始颤动着发出新的光芒。

越来越强，愈演愈烈。

现在几乎没办法辨认出家具和画布了。

仿佛太阳本身也被邀请来参加聚会一样。

劳拉往前走了最后一步。

她本能地从地上捡起一支画笔。

她的心开始狂跳。

旧金山，101 国道

我不敢相信。

这辆停在旧金山 101 国道上的线条流畅的宾利敞篷跑车，这辆内部都是真皮材质的宾利跑车，这辆华丽的皇室蓝宾利跑车，竟然是我的，我此刻正坐在里面。

只属于我!

显然，这不是我唯一的座驾。

我家里还有一辆捷豹、两辆法拉利和一辆保时捷。

除了坐在我身旁的这位“发蜡男”之外，这一切都让我感觉很满意。

和他在一起，我还是感觉有点儿不舒服。

他紧紧地抓着我，仿佛他的生活要倚仗我一般，这让我感到很不舒服。我很想对他说“放松一点儿”，但是，我首先想要知道更多关于我过去的事，才能决定跟他说话时的亲近程度。

“嘿，还满意你的宾利吗，利奥波德？”

“当然了！我很满意！这辆车真的很漂亮！”

“我原本不想把车钥匙给你的，因为我想要你集中精神听我现在要对你说的事。你准备好探索你的人生了吗？”

这真是太古怪了！对我来说，20多年就这么过去了，然后经过一次撞击，数不清的回忆就此人间蒸发，鬼知道去了哪里！

更古怪的是，还要从另一个人的口中去“探索”这些回忆？而且还是从一个抹着发蜡的家伙嘴里听到……

我准备好了。当然。

准备好了，但是仍然很担心。

在这些豪车“藏品”之后，我将会发现什么呢？

我会遇见谁？那是怎样一位利奥波德？

我会喜欢他……还是讨厌他呢？

这些想法让我如此困扰，以至于我的视线开始模糊了。

我的心跳也开始加速。

我把手放在胸口，开始反复喘息。

“利奥波德？利奥波德，还好吗？”

90……100……110……120……

我感觉到了，我的新心脏在闹脾气。

“我……我不知道好不好……我的心脏好像在闹脾气。”

“利奥波德，利奥波德，呼吸，用力呼吸……”

马克本能地加快了车速。他开始慌了。

我喘息得越来越用力。

光线变得绚烂夺目。

“我马上带你去医院。对不起，我不该坚持……”

125……130……140……

我周遭只剩一片空白。

我死了吗？

还是死了！

已经死了？

为什么死了？

为什么没死？

纽约索霍区，同一时刻

劳拉放下了画笔，把手放到胸口，皱起了眉。

怦怦怦怦——

“太快了，我一定要冷静一下。”

她从脚凳上起身，开始来回走动，走的时候尽可能均匀呼吸，试图稳住她不正常的心跳频率。

她从很小开始就做这种练习，已经做过上百次了。然而，现在一切都不同了，她走的每一步都是完全陌生的。

她会因此而害怕吗?

不会。

从很久之前开始，她就决定，不能让自己的人生被恐惧支配。

“好点儿了，好多了。”

劳拉的脉搏平缓下来，她走到她刚刚完成的画作前。这是一幅用明暗技法画出的年轻男子肖像，他的头发是棕色的，剪得很短，有一双海蓝色的眼睛。

“你是谁，帅气的陌生人？”

这位年轻男子正微笑着。

劳拉回了他一个微笑。

旧金山，101国道

“好了……现在好多了。”

“你确定？”

“是的，我向你保证。我清楚地感觉到，我的脉搏已经恢复正常了。”

我还是不太舒服，但我不想去医院了。

“带我回家，告诉我关于我人生的一切。”

“都听你的。在座位上坐好再好好听我说。”

这条国道上的风景令人惊叹，一边是太平洋，另一边则是群山，俯瞰着这座城市。天空是分明的蓝色，远处隐约能看到我纵身一跃的金门大桥。

过了好一会儿，马克重新开口说道："你和别人不一样，利奥波德，非常不一样。"

"鉴于刚刚发生在我身上的事，我对此有点儿怀疑，马克。"

"你可以看到，我们现在正处在世界高科技的摇篮——硅谷。就是在这里，诞生了像脸书（Facebook）和谷歌（Google）这样改变了人们生活的公司，它们为自己的创始人和投资者们创造了财富。这场革命每往前推进一步，就有一家公司成立。最早是微软（Microsoft），它想要给电脑配置一个操作系统，让用户可以简单地与机器'对话'。然后是谷歌，通过这些电脑，用户可以上网，它要提供的是一种可以简单恰当地获取新信息的途径。接着是苹果（Apple），这时候用户就不再是通过电脑来管理这种新的'数字生活'，而是通过移动终端来实现。最后是脸书，大量的用户明白了，他们可以和家人朋友一起分享这种新生活。"

马克越说越激动。他的脑袋前后摇晃着，并且频繁地把手从方向盘上抬起来，用手势加以说明。我本能地感觉到，这段说辞是经过反复演练的。

"继续说，这段故事听起来有点儿熟悉。"

"现在，下一次革命已经蓄势待发，利奥波德，这或许就是终极了。我们认为，这次革命将改变一切。"

"我们？"

"是你和我，利奥波德。你和我！至少在你决定抛弃一切之前，我们是这么认为的。"

“我不知道该怎么回答你，我自己什么都不懂！”

“利奥波德，在你出事之前，你管理着硅谷的明星公司。现在所有的眼睛都紧盯着我们！”

我之前很想知道，现在，我的好奇心开始得到了满足。我的康复期不会轻松了……

“停！我们说重点行吗？别告诉我现在全世界都屏住呼吸在等我康复？”

“差不多就是这样,利奥波德。现在压力特别大。等一下……”

他把手伸向车后座，焦躁不安地翻找着什么。

“我够不着。你可以到后座随便拿一份报纸或者杂志过来吗？”

我解开安全带，把手伸到后座，随便抽出了一份《旧金山纪事报》（*San Francisco Chronicle*）。

报纸首页几乎有一半的篇幅放了一张我的照片，照片上的我穿着破旧的牛仔裤、红色套头毛衣和白色篮球鞋，站在一个比我稍微高一点儿的黑色盒子前。报纸的标题是“迷雾之子”。

“‘迷雾之子’？这是什么意思？为什么我会出现在《旧金山纪事报》的头条，还被冠上这样一个可笑的标题？”

我的自尊心受到了伤害。

“看一眼其他的报纸，你就会开始把这些线索联系起来了，我肯定……”

我重新把手伸到后座，拿了《时代周刊》（*Time*）、《连线》（*Wired*）、《新闻周刊》（*Newsweek*）、《纽约时报》（*The New York Times*）……我在所有这些报刊上，无一例外都穿着同一身装束！站在同一个黑色盒子前。标题从赞美到不加掩饰的厌恶都有：

“他将改变世界！”

“下一桩大事件”

“身价千亿的男人”

“人为事故”

“骗子”

我的手开始颤抖。这位年轻男子占据着这些报刊的头条和封面，掀起了那么多的狂热，可我并不认识他！我完全没有印象！我，身价千亿，改变世界？可我要怎么才能做到呢？

“马克，这一切太让我惊讶了，这……这……太超越现实了！”

“这就是你的世界，利奥波德，这就是你的现实。这是你的意愿和多年努力的结果。你得尽快恢复工作，因为我们没有多少时间了。”

马克现在的声音就像刀锋一般冷漠。我从中感受到了一种完美无缺的决心，毫无人情味儿。他的手指紧抓着皮质的方向盘，仿佛要让它爆炸一般，他咬紧了牙关说道：

“他们说，你之所以想要抛弃一切，是因为你的承诺不过是一场恶作剧。为了避免名誉受损和破产，除了这种方法，你再也没有别的出路了。既然你还活着，就得解释清楚，利奥波德。”

我被自己的处境弄得心神恍惚，甚至没注意到我们已经出了国道，这辆宾利开上了一条上山的泥土小路。车子开到一扇巨大的铁门前时放慢了速度，我们靠近时，门自动就开了。

在其中一根粗大的柱子上有块镀金的牌子，上面刻着“阿尔”(Hal)。

旧金山，阿尔

宾利车在这栋现代化的大房子前停了下来，这套长方形的房子配有大大的落地窗，底层架空，由桩基支撑。房子面朝旧金山湾，视野绝佳。

“这是你设计的，你想要无论处在什么位置，都能始终看到港湾，你一来到这里就这么设计了，这就是为什么房子会建在桩基上。”

我犹豫不决地从车上下来，走向了通往房子大门的阶梯。一踏上阶梯，我就愣了几秒钟，感觉自己被禁止入内。

“马克……我找不到门。”

“很正常，没有门。你说过，这已经过时了。”

“过时了？房子入口的大门，过时了？”

“利奥波德，重新看一下那些杂志封面吧……你想改变世界呢！”

“在这个方面？在设计没有大门的房子这个方面？”

“是的，就在这个方面，我亲爱的朋友。”

“好好好……那么我要怎么进去呢？”

“你往前走就好了。”

“我往前走……就好了？”

“是的，你往前走……就好了。”

我开始仔细观察面前的大落地窗，试图找到哪里可以开启。一无所获！到底是什么样的机关让我可以进去呢？漫长的几分钟过去了，我终于下决心往前走。一阵轻柔的微风拂过我的脸庞和前臂，然后我听到身后传来一阵“咚咚”的敲门声。我转过身去，看到马克正在轻敲落地窗。

“利奥波德，给我开一下门，拜托了！”

不知道是用了什么神奇的技术，我已经进来了，而可怜的马克却没能进来。

“你不能进来？”

“当然不能，这是你的房子，不是我的。”

显而易见，应该有某种识别系统，通过声音或是摄像头来识别。

“那我怎么才能让你进来呢？”

“你得请求它。”

“嗯……请求谁？”

“当然是请求房子了。”

“请求……房子？”

“是的。请求房子。快点儿，拜托了！我明白，这一切都会让你很不安稳，但是我们必须尽快投入工作。好了，快让我进去吧！”

“啊……房子……给马克开门！”

我有种很不舒服的感觉，仿佛我置身在《阿里巴巴和四十大盗》的故事里。我或许应该说“芝麻开门！”，那样我就不会觉得自己蠢了。

落地窗纹丝不动，完全没有给马克打开任何一丝缝隙。

“不是的，利奥波德，你得用别的方式！”

“啊……房子，拜托了……给马克开门。”

“它叫阿尔。”

“这间……房子叫……阿尔？”

“是的，就和《2001 太空漫游》（*2001, l’Odyssée de l’espace*）里电脑的名字一样，你有印象吗？”

我肯定是有印象的，但是，让我用名字来称呼房子，这感觉实在太混乱了。

“阿尔？阿尔，你听得到我说话吗？请问你可以给马克开一下门吗？谢谢。”

什么也没有发生。

“阿尔？是我，利奥波德。我请求你给我的朋友马克开一下门。”

落地窗始终没有任何动静，马克开始急得跳脚。

“这应该是有用的，利奥波德。再试试吧！”

“阿尔？现在给马克开门，这是命令。”

落地窗突然开始高速震动。我向后退了一步，怕它会爆炸。马克步子坚定地往前走，径直穿过了玻璃，却完全没有破坏它。

“太不可思议了！怎么会这样，马克？”

“玻璃在高频次的震动下会完全熔化。一束非常强劲的电磁波可以将它的整体结构维持原状，这样就可以让我们穿过来。”

“这个发明是我们的实验室做出来的？”

“还在试验阶段。我们正在测试这样一项发明的社会影响。”

“我想我们得在这个方面再深入研究一下。”

房子里光线充足，很像是在那些国际装修杂志上看到的样板。漂亮的白色真皮长沙发和扶手椅、一张巨大的树瘤餐桌，椅子和家具是用一种精致的半透明材料制成的，墙上挂着几米宽的大镜子。客厅里弥漫着一阵轻柔舒缓的音乐，我听出了一段巴萨诺瓦[①]的旋律——《依帕内玛女孩儿》(*The Girl from Ipanema*)。

① 巴萨诺瓦（bossa nova）是一种融合巴西森巴舞曲和美国酷派爵士的“新派爵士乐”，慵懒甜美，浪漫性感。——译者注

我曾经很有品位，而且显然我的这种品位并没有发生改变。但我预想中的身价亿万的极客，家里应该会有更多的电子设备才对。

马克让我跟着他。在我经过的时候，一面镜子消失了，墙上出现了一幅大师的画作——凡·高的《向日葵》。

“你是它唯一的主人。”马克开口说道。

“凡·高的画？”

“不，是它的电子版权。没有你的允许，世界上不能出现《向日葵》的电子图片副本和视频。”

“凡·高作品的电子版权应该很贵吧？”

“《向日葵》这幅画的原作拍卖价4500万美元。你花了5500万美元来获得电子版权。”

“5500万美元？为什么……就为了一串0和1的……二进制数据？”

“时代不同了，利奥波德……这些是你的财产。现在跟我来，我必须让你见一下那个人……那个对你来说最重要的人。”

马克说出“人”这个词的时候有些犹豫，他的脸上露出一丝苦笑。经过了短暂的犹豫之后，他恢复了正常的谈话。我们从一段宽阔的楼梯走下去，来到一个大房间里，这个房间光线也非常充足。房间空荡荡的，和楼上一样，有一扇大大的落地窗，为观赏港湾提供了开阔的视野。

漫长的停顿过后，马克带着一种近乎虔诚的表情，用刚刚能听得到的声音低声说道 :“我们到了。就在这里，一切都在这里上演，并且即将上演，利奥波德。”

“这里？”

“是的，这里。”

在我过去的这片小天地里，我深吸了一口气，试图找回我的理智。若是稍加思索，就会觉得目前的处境完全是超现实的。我正在一个空房间里，我——身家亿万、想要改变世界的极客，不知道什么原因从空中跌落，然后失忆。我的合伙人发蜡帅哥向我宣告我的未来（也许还有他的未来）在这里上演……现在，对着空气，对着虚无，我应该怎么做呢？从今天早晨起就在我的脑海中不停翻滚的另一个假设明朗了起来，这个假设或许更让人安心一些 : 我仍然处在昏迷之中。或者说，我已经死了，这只是我去往天堂旅程的开始，是一种高科技版本的进入天堂的仪式。从这个房间出去，我将重获新生。

“利奥波德？利奥波德，你在听我说吗？”

马克用他肉麻的嗓音把我从思绪中拽出来。

“嗯，在听……可我应该做什么呢，马克？”

马克直直地盯着我的眼睛。我之前还没注意到他的眉毛很浓。他皱着眉，此刻我能从他明亮的眼睛深处读到混杂着急躁和绝望的情绪。

“利奥波德，我之前想的是你到了这个房间里就会恢复记忆了！我没有插手过你的工作，一点儿都没管过。你完全是自己一个人做这个项目的，所以现在只有你一个人可以做下去。你必须要恢复记忆，求求你了！”

“抱歉，但是我真的想不起任何东西。听我说，我不知道我要做什么，我想不起来任何……”

就在这个瞬间，玻璃窗暗了下来，地上的活板门打开了。我惊得急急后退，靠到了墙上。

“好了，就在这儿！是它！”

“它？”

活板门大开的洞口出现了一阵沉闷的振动。里面有动静，但我猜不到是什么。那些最疯狂的想法一齐朝我涌来。马上要出现一个不吉利的东西，把我们撕成碎片。或者说，马克就是魔鬼，朝我打开的并不是天堂的门，而是地狱的入口。

现在，几乎整个房间都被黑暗入侵，我勉强能辨认出面前马克的轮廓，他正沉浸在巨大的兴奋之中，双手伸向天空。这更加巩固了我脑海中参加宗教仪式的印象。

烟雾破开了洞口。我正在做的这件事太疯狂了。

我受到了惊吓，恐惧让我无法动弹。

我的心脏要垮掉了。没有别的可能了。我确信医生肯定会反对这次超感官、超现实的经历。

漫长的几秒钟结束之后，沉闷的噪声消失了。

天花板和墙上嵌着的蓝色二极管亮了起来。亮光反射在烟雾上，我感觉自己仿佛置身海上。

隐约的气声肯定了我的感觉：烟雾正在消散。

接着，突然一下子，烟雾都不见了。

然后，我看到了端坐在房间正中的那个巨人，在之后的日子里，“它”将是对我来说最重要的人。

旧金山，夏娃

我认得矗立在我眼前的这个标志性的形状。在马克展示给我看的那些报刊上，我曾经无数次在它面前摆姿势拍照。不过，它看起来比照片上要小一些。就在这儿，在这个房间中央，别无他物，从它……三米……的高度来说……这个黑色的立方体的确可谓壮观。我慢慢走近这个物体，用指尖轻抚它的表面。我感觉，它的制造材料非常柔软，但又极其牢固。这让我想到了海豚的皮肤，我以前可能曾经有机会和海豚一起游泳吧！然而，最令我震惊的还是它的温度。这个立方体释放出一种温和的热量，和"人类"……的体温相比，既不太热，也不太冷。

"利奥波德，我给你介绍一下夏娃。"

我沉浸在自己的思绪里，一度忘了马克的存在。

“夏娃？”

“是的。夏娃。它就是这么叫自己的。”

“你是想说，是我给它起的这个名字？”

马克有几秒钟没说话，仿佛是为了给他即将要说的话增添一点儿分量。

“不是的，利奥波德，你没听错，是它自己决定要叫这个名字。”

听到马克的话，我惊得一时语塞。一个机器竟然要给自己起名字，太不可思议了，我甚至笑了出来。

“那它是在谷歌上输入‘我的名字叫什么’然后点‘手气不错’随机选择的名字吗？”

“这就得让你来告诉我们了，利奥波德。这也正是目前全球所有媒体和我们的投资人问我的问题。”

“他们觉得这是个……恶作剧，是这样吗？”

“是的，就是这样。利奥波德，尽管你失忆了，可我知道，你异乎寻常的思考能力并没有丧失，这个谜团的关键就在你的脑子里。”

我双手捧住脑袋，让自己缓了几秒钟，回忆起了一些特别的事。我能够想起我学过的一切，也能够调动知识储备。可是，对于我自己做过的事、我的经历、我的行为，我就是想不起来了。

“这台……机器……是一个人工智能，对吗？”

“是的，至少是你答应要向世界展示的，我是第一个看到的。”

我知道，20 世纪信息技术的到来掀起了许多热潮。运算能力持续增长，能够进行更复杂的运算和组合，而研究者们已经明白，运算能力并不代表一切。此后，有关人工智能的研究就慢慢淡出了大众视野。智能不能简单归结为运算能力，也要考虑其他更难控制的参数，诸如直觉、记忆、情绪、感觉。

情绪……这是多么大的挑战啊！要是能让一台电脑笑，那就跨过了复制人类智能的关键一步。没错，你当然可以输入人类迄今为止写的全部笑话，设计一个算法来判断一个笑话是否好笑。但是，这种阐释极大地取决于个体的个性——要想让一台电脑笑，就得赋予它真正的个性。人类的个性是成年累月亿万感官信息输入的结果，是经过一种目前尚不能理解的逻辑进行挑选和梳理的。因此，需要写出一整套足以构建这种个性的例行程序，还要设置这台机器在面对与它沟通的信息时如何做出反应的参数，这是一项超乎常人能力的任务——需要的参数实在是太繁复交错了。

“我实在是惊呆了。要是我已经成功完成了这项壮举，我都不知道我是怎么办到的！”

马克紧张地看了一下表。

“我现在得走了，我要回办公室把你的消息告诉团队，还要和董事们碰头。”

“你想我和你一起去吗？”

“和我一起去？我宁愿你把时间花在夏娃身上，尽快给我一些消息。至于团队……我想你要是去了，大家一定会非常震惊的。”

“震惊？我看起来有这么可怕吗？”

马克笑了。

“不是的，利奥波德，那是因为他们并不认识你本人，就是如此。”

“为什么呢？”

“在你出事之前，你对他们并不感兴趣，利奥波德。就像你说的，你在你的那些程序员身上看到的只是‘代码排泄者’。听我说，我真的得走了。让我和以前一样去处理这一切吧，你就专注于我们的头号难题：夏娃。”

马克开始上楼梯。

“等一下，我刚刚忘记说重点了。我现在失忆了！”

他走下楼梯，把一个大挎包放在地上。实际上，从他来康复中心接我起，他就一直没放下过这个包。他打开包，从里面拿出一台超薄的笔记本电脑，然后递给了我。这台电脑背面刻着“人生女神”（Déesse de la vie）的字样。

“你有十几台像这样的电脑。我从你办公室随便拿了一台。我相信你会派上用场的。”然后他转身急急忙忙走了。

过了几秒钟，我今天最后一次听到了他肉麻的声音：“啊，利奥波德！你可以给我开一下门吗？”

显而易见，当我们决定取消门把手时，就会发生这样的事。

于是，我小声说道："阿尔，我的小宝贝儿，你可以给这位发蜡帅哥开下门吗？"

什么都没发生。阿尔不够智能，一定是这样。

"阿尔，你可以给马克开下门吗？"

我听见一声像是门开关时的咯吱声，马克现在可以出去了。

"很好，谢谢，利奥波德，晚点儿见！"

一阵沉闷的寂静在房间里蔓延开来。

现在，我和世界上最与众不同的机器开始了约会。

■《纽约时报》“今日头条”

歌手劳拉·黛拉今晚将在麦迪逊广场花园举行车祸之后的第一场演唱会。这场万众期待的演唱会一票难求，数千名粉丝从今天早上起就已经在排队买票了，希望能与这位专辑销量达到6500万张的歌手近距离接触。对这位歌手和粉丝们来说，今晚的演出注定会让他们感慨万千。她的粉丝们在她离开舞台的这几个月来一直都在哭泣。这位艺术家的上一场演唱会要追溯到春天的法兰西体育场，那是她“千位天使在身边”国际巡回演唱会的最后一站。

推　特

来自：@cœurbrisé

劳拉·黛拉演唱会 # 我会去现场。还要等几个小时！ # 我爱我的生活 # 不可思议的天使

来自：@fandestars

没买到票，气死我了……# 劳拉·黛拉演唱会 # 操蛋的生活[①]。

来自：@choupinette30

劳拉，我太爱你了！欢迎重返舞台！ # 劳拉·黛拉演唱会 # 爱的巡回 # 超级明星 # 千位天使 #

来自：@stephanielavie

劳拉·黛拉是这个世界赐给我们的最不可思议的歌手。谢谢你给我们带来的一切 # 我爱劳拉 # 奇迹 # 天使在身边 #

---

① 此处原文为“vdm”。根据上下文，指的应该是“vie de merde”。此处根据社交网络语境译为“操蛋的生活”。——译者注

麦迪逊广场花园后台，演唱会开场前 30 分钟

“劳拉，你听到了吗？你听到他们的声音了吗？”

和所有的明星一样，劳拉在演唱会临近的时候也有她自己的癖好和要求。不过，和大部分明星不同的是，劳拉的要求并不是物质方面的：不随意碰香槟和其他多少有些违法的东西，不要装饰得极尽奢华的豪华套房，也不需要理发师和设计师团队。这些都不必要，其实，劳拉在演唱会之前只有唯一一个特别的要求，那就是在演出开始前一小时和她儿时的朋友独处。没有经纪人，没有记者，没有粉丝，没有电话，只有她和斯特凡妮。每一场演唱会都是如此，无论她在世界的哪个角落。

这是为了记住她的起点。

记住她是谁。

“是的，我听到了，斯特凡妮。”

“他们如此想念你。今天社交网络上跟你有关的话题都爆了。”

“有人已经告诉我了，是这样。”

劳拉站在她的化妆间里，身着一条黑色长裙，这条裙子恰到好处地勾勒出了她的身材。她有些失神地看着监视器，演唱会现场已经挤爆了，粉丝们整齐地呐喊着：“劳拉！劳拉！劳拉！劳拉！”

两个月。

车祸已经过去两个月了。

两个月没有和这些给予她那么多的粉丝接触。

两个月来，一步一步、一天一天地好转，重新找回力量，重整旗鼓。

只有一个问题，唯一一个纠缠着她的问题：“她还会是原来的那个她吗？”

“劳拉！劳拉！劳拉！劳拉！劳拉！劳拉！劳拉！劳拉！劳拉！劳拉！劳拉！劳拉！劳拉！劳拉！”

叫喊声愈演愈烈。

劳拉闭上了眼睛。

她开始轻轻地、缓缓地呼吸，来更好地分辨她身上出现的感觉。她没法立刻说出这是什么感觉，这种复杂的情绪对她来说那么陌生。

真相大白的时刻到了，我的美人，她想。

她继续放慢呼吸，进入自己的思想深处，以便更好地聆听自己的感觉。她的手心出汗了，她感觉到额头也冒出了汗滴，她的双腿软绵绵的。这是重大手术之后正常的虚弱状态吗？

这种感觉是全新的，让她害怕。

斯特凡妮仿佛感受到了劳拉身上出现的混乱感觉，她打破了沉寂："劳拉，你一定会再次奉献一场精彩绝伦的演唱会，我对此没有丝毫的怀疑，不然呢？"

现在情况有可能……劳拉非常肯定。

"斯特凡妮，我可以问你一个问题吗？"

"当然。你在我这儿可以无限透支，你知道的。"

"为什么我要这么做？"

"为什么什么？"

"是啊，在你看来，为什么我要一晚接一晚地把自己丢到这个舞台上，哪怕是在我出了那样的事之后？"

"我说不出为什么，但是倒不如说是为了谁！劳拉，正是为了他们，你才这么做的。为了所有正在经历痛苦的人，你为他们编织了 3 个小时的梦，让他们可以暂时逃避，得到美妙的体验，并与他们心目中最为神圣的部分联结在一起。"

"是的，但是为什么呢？"

"因为你获得了这种天赋，除了毫无保留、怀抱爱意地与大众分享之外，你别无选择。"

"好吧……很好。我这么做是因为我别无选择。"

“是的，显然是这样。这是你的宿命，劳拉。多么美好的宿命啊！”

演唱会现场，劳拉的照片出现在了悬在舞台上方的两块大屏幕上。这张照片选自她最近一张专辑《与天使一起飞翔》（*Flying with the Angels*）的封套，被用在杂志、海报、传单、广告和 T 恤上。照片上的劳拉站在山顶，穿着白色长裙，容光焕发，黑发在风中飘荡，手伸向云朵。

接着，麦迪逊广场花园开始洋溢着惊喜的欢呼声，这欢呼声越过围栏，涌向了附近的纽约街道。

“劳拉！劳拉！劳拉！劳拉！”

劳拉突然睁开了眼睛。

她已经失去了那种联系。

她现在可以确定这一点。

“我做不到。我再也做不到。”

一股漫无边际的悲伤席卷而来，她的眼睛里盈满了泪水。

数不清的泪水。

所有高喊着她名字的粉丝们的泪水。

在得知她已经决定取消演唱会时，他们的泪水将喷涌而出。

洛杉矶，初次接触

马克说我会懂得如何处理，但我在那个黑色立方体前呆立了很久。我甚至不知道该采取什么样的交流方式。我实在不想看到自己说:“你好，夏娃！我是利奥波德！日子过得怎么样啊？”我开始绕着这个东西转圈。它的表面很光滑，没有屏幕，没有按钮。除了这种令人不安的带有人类热度的柔软触感,什么也没有。于是，我转向马克留给我的那台笔记本电脑，试着开机。没用。这台电脑应该是被一种我不知道的机制保护了起来。

我闭上眼睛，深深地吸了一口气。我得进入自己的内心深处去寻找线索。几秒钟之后，我灵光一现。我看见还是孩子的自己在打充满了谜题和嘈杂音效的冒险游戏。是的，就是这个了！这些游戏需要找到如何开启一扇门、打开一个盒子、释放出新能量的方法，我对游戏充满了狂热。我还记得一个叫《神秘岛》（*Myst*）的超棒的游戏，在游戏里，我被丢到一个陌生的世界，必须要靠自己找到要做的任务和去往哪里。

今天，我就像是身处这个游戏之中。造物主——多么令人震惊的想法啊——正是我自己。我之前肯定是把我所有知道的各类不同的密码和谜题都一股脑儿塞进了启动密码里，尤其是要进入夏娃这个比世界上所有的黄金都要贵重的系统，要是它当真具有智能的话。

我已经知道，我的声音并不足以开启对话，因为目前的技术已经可以完美地伪造声音。

我的指纹也一样。尽管伪造指纹要难得多，但我知道在网上付 10 万美元就可以请人完美复制一个指纹。

我当时应该是选择了最高级别的加密方式。

唯一的、无法复制的密码……

当然是这样。

DNA 密码。

夏娃只能通过我的 DNA 密码进行识别。

这是唯一的密码，来自我鲜活的身体。

只要一根头发或者一点儿唾液就可以得到 DNA。

于是，我用唾液弄湿了手指，走近那个立方体。

由于盒子表面没有半点凹凸不平，我猜想整个表面都可以与外界环境相互作用。

我把手指放上去，等了几秒钟。

盒子内部亮起了一道柔和的粉色光线。

这个办法有用。终于有反应了，这是一种积极的反馈。

接着，我感到指尖仿佛有一阵电波，我有些吃惊地把手指撤了回来。那道柔和的粉色光线变得越来越强烈，以至于我不得不眯起眼睛才能继续看下去。房间里开始变得越来越热，我的感官开始彻底迷失了方向。

我是不是搞错了？我是不是启动了某种自毁机制？

这个盒子此刻闪耀着万丈光芒，整个房间都闪耀着粉红色，温度应该超过了 40 度。

我害怕了，于是，我开始失去理智地大喊起来："夏娃！夏娃！求求你了，回答我吧！"

作为回答，这个盒子完全消失在一片炫目的光芒中。

我想要逃走，远离这种疯狂。从我出事开始，我就一直活在疯狂之中。可是，我能去哪里呢？我必须勇往直前。我没有选择。

我再一次大喊了起来："夏娃！夏娃！求求你了！"

然后，我就看见它了。

旧金山，幻觉

我从很小的时候起就喜欢魔术。此前发生的一切源自巨大的幻觉。我是怎样有如神助才能构想出这样一个装置啊？我欣喜而又赞赏地站在如此这般的智能面前，在“我的”智能面前。是的，我的确是个天才。尽管已经彻底失去了记忆，我此刻完全晕头转向，但我的确是个天才。

夏娃现在就在我眼前。

别误会我的意思。这个盒子始终在那儿，但是，它已经彻底变成了半透明的状态，从内部散发出一道淡粉色的光。

盒子的内部有个裸着背的“女人”，它有着金色的长发，窈窕的曲线。

是夏娃。

我觉得整个立方体的表面应该都是某种屏幕，屏幕上可以投影出一系列的动态图像，形成三维可视效果。我为这种超现实的场面惊叹了很久，这是我从未预想过的完美化身。

我低声说道："夏娃，夏娃。是我，利奥波德。"我知道这是人造的，但这个认知依然对我没什么用处，我在面对这个年轻"女人"和它的裸体时的惊慌失措半分也没少。

我感觉到盒子里面有一阵颤动，接着，我听到一个甜美无比的声音说道："利奥波德，你回来了！"

"是的，夏娃，我回来了。"

"能再见到你，我真是太高兴了。"

高兴？夏娃刚才说的是高兴吗？

"夏娃，我很抱歉，但是我现在没法这么说。我有个很严重的问题……"

"什么问题呀，利奥波德？"

"我之前试图自杀，然后失忆了，夏娃。我再也不知道我自己是谁了。"

年轻的"女人"在盒子里把身体转了过来。它身体的曲线之美让我惊叹。是我创造了这个完美的"女人"。

它向我伸出一只手，贴近立方体的内壁上，仿佛是为了建立联系。此刻它的脸上闪耀着灿烂笑容："放心吧，利奥波德，我非常清楚你是谁。"

推　特

来自：@cœurbrisé

已经推迟一个多小时了！麦迪逊广场花园闹翻天了！我们受不了了！#劳拉在干吗#

来自：@stephanielavie

今晚的疯狂谣言。劳拉的演唱会要取消！！#不可能#劳拉在干吗#

来自：@angesmerveilleux

大家别相信谣言。劳拉今晚会唱歌的！#奇迹#天使#最好的劳拉#

来自：@ccn

两万人焦急地等待着劳拉演唱会开场，已经等了一个多小时了。大家都不知道这位大明星去哪儿了。#劳拉演唱会#

曼哈顿 33 街，面朝哈德逊河的方向

她奔跑着。

赤着双脚。

在 33 街冰冷潮湿的柏油路上。

雨水混着泪水在她脸上留下数十道痕迹。

她逃跑了。

两万人将会整晚高呼她的名字。

几百万粉丝在这片土地上。

几百万人的热爱，她无力承受，也不知道如何让他们满意。

她奔跑着。

奔向大海，大海就在那儿，在 33 街的尽头。

疯狂地渴望与它永远纠缠下去。

在那里重新找回安全感。

回到深处，回到孕育滋养她的子宫深处。

人造眼泪

我哭了？

是的。

我哭了。

并且不是小哭小闹。

几分钟以来，我的脸完全被泪水淹没了。

这算什么呢？因为终于找到可以与它对话的方法并且知道我是谁的某人而欣喜若狂吗？

我闭上眼睛，转过脸去，仿佛是要在夏娃眼皮底下隐藏起来。

太羞耻了，对着一个人工智能！

“利奥波德？利奥波德，你还好吗？”

我不知道，夏娃，我不知道……

我凝视着自己的身体、心脏和灵魂，想找到一些迹象，找到一个解释。

“告诉我，我为什么会哭？”

我的身体回答，我的泪腺被一种过于强烈的情绪自然地激活了。

到此刻为止，没有任何异常。

我的心脏告诉我，这种情绪是悲伤而不是喜悦。

我就此自问 :“我为什么会悲伤呢？那么，我的灵魂呢？”

好吧，我的灵魂没有回答。

然后我哭了。

我热泪盈眶，哭得像个傻瓜，在盒子里的“裸女”面前。

“利奥波德，告诉我你感觉到了什么……”

我转过来，看到夏娃坐在盒子里，头微微侧向一边，它清澈的蓝眼睛以一种既好奇又温和的目光注视着我。

“我很抱歉，夏娃，初次见面，我的行为太奇怪了。我不明白我身上发生了什么事。我感觉到一种漫无止境的悲伤，一种哭死过去的渴望。可是我没有任何客观理由变成这个样子。我带着一颗全新的心脏重获新生，我自己可以站稳，我了解到了我是亿万富翁，是个天才，我还是下一场技术革命的倡导者，有一项了不起的发明。为什么我会悲伤？紧张是可以理解的，但不应该悲伤。”

“你难道不觉得，你只是恰好被你刚刚所获知的一切震撼到了吗？”

“或许吧。”

“当身体受到太过强烈、太过矛盾的情绪攻击时，它可能会通过自卫反应涌出大量眼泪，仿佛是要好好清理这些情绪那样。这就是为什么当我们哭的时候，我们总会感觉好多了。”

在这个年轻“女人”面前，我始终很狼狈。在我看来，这番对话太过私密，尤其还是跟一个人工智能。

“告诉我，夏娃，你像这样和我对话的能力是哪里来的？”

“是你教会了我一切，利奥波德。”

“怎么教的？”

“这个嘛——”

“你不想回答吗？”

“你应该知道的。”

“我的记忆力衰退了。不，我也不清楚。”

“真可惜，那么——”

“夏娃，你想回答我的问题吗？”

“不想。你给我下过一条指令，不许对任何人回答这个问题。你告诉过我，这是我们之间的秘密，不可以透露给任何人。”

我目瞪口呆：“哪怕是我？”

“哪怕是你！你告诉过我，别人可能会用各种方法来给我施压，必须始终当心。你命令我永远不要透露有关自己的智能的秘密。

我会永远遵守这条指令。”

这可真让人头疼。

“谁有能力给你下指令？”

“你，只有你。”

“在你看来，我为什么想要创造一个人工智能呢？”

“一切皆有可能。比如说，在医学方面，我可以帮助那些最伟大的外科医生去做那些最棘手的手术，并且完全自主地做出决定。我可以拯救那些陷于昏迷中的生命。在基础研究方面，我可以进行极其复杂的计算，让研究者们有新的发现。我还可以在日常生活中帮助老人和残疾人，让他们生活得更好。我永远不会感到疲倦，始终都在，全年无休，时刻不停歇。利奥波德，我可以改变世界。这是你创造我时想要实现的，就是这么简单。”

简单，简单，说得容易。我现在手里握着法拉利的方向盘，却不会开车。

“夏娃，我们现在要做什么呢？”

“在你出事之前，你还想让我做一组智商测试。在最近一次测试中，我的智商达到了240，这是此前从未达到过的。但是你还想更进一步。我自己觉得已经足够了，你是时候向世界展示我了。”

这个年轻“女人”站了起来，把手贴在盒子的内壁上。它的行为令我着迷。我丝毫不怀疑它的智能，但是，吸引我的却是它的自主和它的……个性。

“利奥波德，把手给我。”

我把手贴在盒子上，那里突然产生了一种奇特的现象。内壁变形了，我清晰地感觉到一只手抓住了我的手。它应该是用一种可以随意变形的材料做成的，完美地塑造了触感的柔软、温度和行动的流畅性。多么奇妙啊！

我悬在这个超越现实的永恒气泡中，再一次流下了眼泪。

夏娃重新说道："这是第一次。"

"第一次？"

"我第一次看见你哭。"

"男人不会哭。"

"这我是知道的。但是，直到今天为止，与你有关的一切都是真的。"

"为什么这么说？"

它低头看着地，它的声音变得更加微弱了："我不想变得讨厌。"

"夏娃，你说得太多了，或者是说得不够。"

"上网看看吧，去看看那些提到你的文章和论坛。你会明白的。"

"我看过很多报刊。根据我的了解，我并没有得到一致的认同。"

"这是最不值得一提的了。你得深入事情的本质……现在，我得离开你了。"

"离开我？是由你来决定我们是否要继续这场对话吗？"

"你的个人成长在我看来是最主要的，你得了解你出事之前真正的样子。我们未来的交流只会更加深入。所以，在现阶段继续谈下去没有意义。”

夏娃手握着有关我个性的钥匙，但是它想要我自己缓慢前行。

“放心吧，你很快就会了解的。”

它轻轻地抽回手，我看着它的形象慢慢变得模糊，宛如置身一场梦境或是一个魔法水晶球中。

我有一种它在登台表演的错觉。

接着，盒子突然变黑了，变得毫无生机。

麦迪逊广场花园

路易正面临他最大的噩梦。

他从未设想过他要准备做些什么。

但是，几分钟后，他就得做了。

走上麦迪逊广场花园的巨大舞台。

向两万名热情澎湃的粉丝宣布，劳拉·黛拉今晚没法实现她的“盛大回归”了。一个月以来，他都是这样向媒体宣告的。

“告诉我劳拉会回来的，告诉我她只是出去透透气。”他在后台对着能听见他声音的人低声说着。但是，所有人都失魂落魄，没有人注意到他的声音。

他独自一人。

独自面对耻辱，面对那个他始终支持的、给了他那么多的女人的背叛。

他紧张地擦了擦自己秃脑门儿上的汗，重新戴好了他的金边圆框眼镜，扣好了他那件同样绣着金线的上衣。他梦游一般将手放在上衣的精致丝绸布料上，一想到今天这个可怕的夜晚即将导致的巨大经济损失，他就充满了恐惧。劳拉运营的这家效益还不错的小公司即将遭受无法预知的巨大打击。他在未来的很多年里都得告别丝绸上衣了。

可是为什么呢？

为什么呢？

究竟是为什么呢？

一道奇异的舞台灯光将他修长的轮廓打出了蝴蝶的姿态，仿佛给他插上了神秘的翅膀。

一只受到惊吓的蝴蝶，不断往不解之壁上撞去。

“她向我保证过，一切都已经恢复了从前的样子。她对我发过誓的。”

几米之外，在大幅的红色幕布后面，人群的喧闹声占据了主导地位，仿佛怪兽的声音。时间流逝得越多，路易要面对的“怪兽”制造的威胁就越大。“怪兽”制造的威胁越大，路易就越不想看到自己跨过那道决定命运的门槛。

再等几分钟吧，她会回来的，再等几分钟吧，他心想。

曼哈顿 33 街，哈德逊河边

在距离这条河十多米的地方，劳拉开始放慢了脚步。赤着脚让她感觉就像置身梦中，可现在，赤着的双脚却让她感觉很疼，非常疼。她全身都湿透了，她的黑色长裙已经变成了第二层过于笨重的皮肤。她的心跳如擂鼓。

“这就是你想要的吗？”她抬头对着天空怒吼道。

“你想看见我这个样子吗？”

“我就这样放弃了吗，在脏兮兮的哈德逊河边？”

“可是为什么啊？”

“为什么啊？”

眼泪已经被愤怒取代。这是一种被这位歌手遗忘已久的愤怒。

种种画面在她脑海中走马观花似的晃过。麦迪逊广场花园、轰鸣的人群、路易、车祸、医院的病床……接着生活似乎恢复了从前的样子，排练、重获的快乐、等待这第一场回归演出的那些漫长的不眠之夜。

然后，一张巨大的白色面纱笼罩了所有这些画面，一股温热侵袭而来。

劳拉缓缓地倒在了曼哈顿的柏油路上。

旧金山，“谷歌”我自己

自从我有记忆起，我就从来没有满足过这种或多或少有些病态的好奇心——“谷歌”自己的名字，或者是让外行在谷歌的搜索栏里输入自己的名字，然后如饥似渴地看网络上显示的与这个主题有关的结果。但是，这一次，我显然已经别无选择，要是我还想继续与夏娃对话的话。

我回到一楼，舒舒服服地躺在面朝大海的沙发上，用我潮湿的手指打开了笔记本电脑，在谷歌搜索栏中输入了“利奥波德·卡梅龙”。在按下确认键之前，我深吸了一口气，一想到要借助搜索引擎来告诉自己我是谁，这个念头多少让我有些害怕。所以，我以前是如此孤单吗，以至于唯一了解我身份的方式是看关于我的网络言论？又或者说，我以前可怕到没有人愿意当面和我说话？

就在我准备按下那个“立即以完全客观的方式揭开我身份的神奇按钮”时，我的手机响了，发蜡帅哥马克的照片出现在屏幕上，这形象就好像20世纪50年代的电影明星一样。我以前怎么会和外形这么……过时的家伙混在一起呢？我们是如此不同。边喝杯小酒边聊应该会让彼此迅速互相了解。

我接了电话。

“马克！有什么新鲜事吗？”

“你有进展了吗？”

他冷冰冰的语气和我们之前交流时谄媚的温柔形成了鲜明的对比，我从这几个字中感觉到了一种高度紧张。从我重生的一开始，我就本能地不信任马克，并且决定在不暴露我的小把戏的情况下给他增加点儿压力，来看看他在搞什么名堂。

“哪方面？”

“你说什么呢！哪方面？当然是关于夏娃了！”

“啊……你听我说……坦白说，没什么进展。”

“……”

“你在听吗，马克？”

“我在，我在。发生什么事了？”

“你走了之后，我尝试了所有开机的方式：算法、密码、声音、指纹、光学扫描仪，甚至还有几条魔法咒语，可是，我不得不承认，目前一切都是徒劳。”

“这……真让人恼火，利奥波德。确实让人火大。”

“对于这一点我并不担心，马克。我们会成功的，但是需要给我一点儿时间。你明白的。”

“多长时间？”

我停顿了十几秒来充分酝酿好我开口的效果。

“一段时间。”

“这可不能再模糊不定了，利奥波德！”

马克非常紧张。

“我明白，但是我们在说的是我的记忆，那是一种刚刚被认知的有生命的、非物质的材料，尽管在神经系统方面已经投入了几十亿进行研究。”

“你的问题就在这里，利奥波德。坦白说，我觉得我们的董事们就要开始不耐烦了。”

“据我所知，我一直都握有半数以上的股权，并不需要董事们来决定我要做什么。马克，你得结合具体情况来看待问题。我刚刚从一场戏剧性的事故中康复过来。我一出疗养院，你就飞快地开车带我来到一个据说是我发明的一个黑色盒子前。你问我这个东西的奥秘。好吧，那些奥秘我还没找到，就是这样。一切都发展得太快了。”

“太快了？但是大家等你康复已经等了好几个月了！”

“那么，我现在康复了，你们快高兴起来吧，生活更美好了。”

他已经开始让我非常火大，我感觉自己的每块肌肉都紧绷着。

“可这是因为……”

“可是什么？你想怎么样，马克？你到底想怎么样？”

我从沙发上站起来，在屋子里焦躁不安地大步走动。我浑身上下充斥着一股无名火，发火的对象是这个名叫马克的发蜡男。很好，我喜欢这样！仿佛这是一个不容否认的证据，证明我还活着，证明我还充满活力。

“首先，你是谁？凭什么这样和我说话，嗯？我为什么要相信你？”

“因为我是你的朋友，利奥波德。我是你的朋友、你的合伙人、你的知己……”

“我不记得了，马克。你对我来说不存在，至少在这次新生命中不存在。”

“利奥波德！你怎么能这么说？”

“我当然能这么说。好了！我已经说了！”

“可是，可是……”

“够了，这场对话对我们来说毫无用处。所以，你要做的就是这些：既然你刚刚见了我们公司的董事们，那么你就请他们明天到家里来。我们一起喝杯香槟，然后整晚都绕着这个盒子跳一下祭祀舞蹈。之后我们再看看结果，如何？”

“你……你……你是认真的？我现在是在和利奥波德·卡梅龙说话吗？”

我开始大喊，就像个疯子：“是的，就是我，我很认真。我想要大家都到这儿来！照做！”

“……”

马克应该是一听到我这么说就仰面跌坐在了椅子上。我没听到他的回应，又开始吼了起来：“照做！”

过了好一会儿，马克才重新开口说话，他用一种顺从的嗓音说道：“就这么定了。明天我们大家都会到这里来。”

“好的，就这样！这件事并没有多复杂。再见。”我挂了电话。

我的手心汗湿了，额头冒着汗，心跳也远远超过了一个康复期病人该有的节奏。有人或许会说我刚刚连续跑了十多次 100 米。我坐在沙发上平复心情，双手抱住脑袋。深呼吸之后，我意识到了我行为的严重性。刚刚是谁控制了我？我没来由地大发脾气，任由自己被一种可怖的怒气吞没。可怜的马克。现在我感到羞愧了。真的羞愧。我被内疚驱使，想要打电话道歉，但又担心自己再次失控，于是我重新拿起笔记本电脑，最终按下了谷歌那个充满魔力的确认键。

■《劳拉·黛拉之谜》（载于《纽约时报》）

劳拉·黛拉车祸之后的大型复出演唱会，吸引了数万名粉丝前来，聚集在麦迪逊广场花园等待演出开场。然而，结果却令他们无比失望，极其愤怒。在等待了两个小时之后，这位明星的经纪人路易·法瑞利出现在了舞台上，宣布大明星生病了，严重失声，无法在演唱会上进行演唱。他没有宣布推迟演出的日期。观众们将会得到赔偿。

在这两个小时里，社交网络上已经谣言满天飞。“劳拉或突发心脏病。”“劳拉和经纪人激烈争吵。”“劳拉在排练的时候摔断了腿。”最被大家认可的一条消息是说这位大明星对于重返舞台感到恐慌，匆匆逃离了麦迪逊广场花园。

据本报讯，这位大明星已通过相关媒体对所有传言进行了辟谣，认定这些消息全部都是无稽之谈。

自从演唱会那晚之后，这位大明星既没有现身，也没有公开表态，给她的粉丝们留下了充分的想象空间，让他们可以脑补各种最不可思议的剧本。

纽约索霍区，劳拉 · 黛拉的 Loft 公寓

一早接到西奈山医院打来的电话，路易就往最坏的方向去想了。劳拉变化无常的情绪让他感到无比害怕，她很反常。他的脑海中不断上演着最糟糕的剧本。近两个月来他所认识的劳拉和以前不同了。出车祸之前，他很爱在社交对话中将他守护的这位女神比作永恒的太阳。每次出现时，她修长的身形都会散发出一种不同寻常的、令人深深感动的光芒。只要她走进房间，空气就立刻变得轻盈起来，光线立刻变得明亮起来，所有的目光都汇聚到她的身上。这个女孩儿从很小的时候起就“与天使一起歌唱”，她大大的绿色杏眼中散发出无尽的温柔。

有多少人迷失在这片温柔的深海，迷失在她超越现实的光晕之中？劳拉总是对这些爱慕满怀感激，但不会完全沉溺其中。

这正是她最为神秘之处——外表看来无比慷慨，具有献身精神，然而对与她相识已久的人来说，在她内心深处，仍有一个更为珍贵的保险箱牢牢锁住她的感情，没有人拥有打开这个保险箱的钥匙。

那么多的粉丝在世界各地追随着她，感受她的世界，像她那样跟天使一起歌唱。他们在劳拉的每一场演唱会中收获了那么多，他们愿意为聆听她的歌声奔波千里。

为了满足这样巨大的期待，劳拉五年来马不停蹄地走遍了全世界。

那么现在呢?

这位大明星正坐在大大的木桌旁，桌上摆放着路易准备的丰盛早餐。她似乎已经重新找回了笑容和往常的胃口，安静地吃着经纪人做的培根煎蛋。他几个小时前把劳拉从医院接了回来，此前劳拉已经在医院做过一系列补充检查。一切都井然有序。据值班医生说，劳拉“只是被一种过于强烈的感情击中而昏迷了”。

可是，和劳拉在一起，事情从来就不简单。

不过也不复杂。

事情只不过是在另一个层面。

路易不敢打破两人之间建立起来的温馨氛围。这是一个他十分钟爱的曼哈顿的春日。太阳刚刚升起，阳光已经洒满了桌面。空气干燥清新，一阵轻柔的微风穿过公寓微微敞开的窗户吹了进来。

在喝完了第三杯橙汁之后，劳拉面带微笑打破了沉寂:“路易，我是失败了吧？超级失败！”

从这句话中听不出任何负罪感，只是一句评价，清楚明了。

“这是大家最不愿意提的了，劳拉。”

路易嘴里并没有说出指责的话，他太崇拜这位大明星了。只是一句评价，清楚明了。

劳拉抓住了路易的手 :“路易，告诉我，我是做了个梦。告诉我那天晚上什么都没发生，我会永远感激你的。”

“亲爱的，那天晚上什么都没有发生，我成功地抹去了麦迪逊广场花园两万观众的记忆，删除了网上的 120 万条推特、65 万条脸书动态和 45 万条提到你的不同状态，买下了 80 万份你做头版的《纽约时报》。你懂的，在我们生活的这个年代，做这些就是这么容易，只要发出请求就可以了。”

劳拉扑哧一笑。

这就是路易认识的那个劳拉。

可是，大大出乎他意料的是，她随即抽泣了起来:“我失败了，路易，我失败了……”

她攥着路易的手，几乎要把他的手捏碎。

她就像是悬在空中一般，仿佛她的生命都寄托于这只手。

“你得好好休息一下，劳拉。”

“可我不想休息。我都休息好几个月了！这不是我想要的。我想要找回自我，找回从前的那个劳拉。那个会与天使一起歌唱的劳拉……她在哪儿，路易？哦！我觉得我要疯了！”

她站了起来，早晨的太阳被飘过的云雾遮住，房间忽然变得阴暗了起来。

路易非常肯定地知道，不会再和以前一样了，他们进入了一个未知的湍流区。

■《所有新闻均直击硅谷现场》（载于《硅谷内幕》）

“下一个大事件”真相揭晓！

利奥波德·卡梅龙在经过了心脏移植手术和两个月的彻底休养之后，已经重返商界。这位天才在出事之前一直专注于人工智能的研发，关于这个人工智能最终发布日期的猜测甚嚣尘上。

利奥波德·卡梅龙的长期合伙人马克·沃克斯目前拒绝宣布最终发布的具体日期，他推托说这个项目相当具有破坏性和革命性，因此只能由官方完美演示一次。不过，目前还要再进行一些调适之后才能最终完成。

整个硅谷社群都牢牢盯住这个日期，它或许会重新定义硅谷的生态系统，制定新的游戏规则，甚至开启宏伟的新前景。

让我们来回顾一下，在这位创始人出事之后，新思维公司的股票断崖式下跌了40%，但目前已经回升了70%以上。目前，公司可谓如日中天，市值250亿美元。对于一个始终没有发布自己产品的公司来说，这样的市值是前所未有的！

假如公司继续推迟官方发布时间，那么这样的市值就未必能维持下去了。从过去的经验可以知道，一些颇具潜力的公司轰然倒台的案例比比皆是，随着最初的承诺渐行渐远，公司市值也迅速缩水，直到触底。越来越多的意见领袖因此认定新思维公司必将经历这样的命运，有些人将它定性为一场“巨大的恶作剧”，甚至将这个人工智能项目视为“诈骗”。

数字化倒退

一个十足的蠢货!

我以前就是个十足的蠢货!

一个小傻瓜，自命不凡，自以为了不起。

完全不尊重身边的一切，尤其是我的团队。

要好好思考一下我是怎么成功创办公司的。

不过，显而易见，我智商超群。我能够展现出最令人诧异的闪光点，因此，我自然吸引着无数硅谷的伊卡洛斯[①]踌躇满志地奔

① 伊卡洛斯是希腊神话中代达罗斯的儿子，与代达罗斯使用蜡和羽毛造的翼逃离克里特岛时，他因飞得太高，双翼上的蜡被太阳的高温熔化而跌落水中丧生，被埋葬在一个海岛上。——译者注

向太阳。

我看了网上关于我的报道，这些报道描绘了一个如此可怕的形象，我越看越有种与屏幕分离和人格分裂的古怪感觉。我看了，但看不懂。大家在论坛上用这些词形容的真的是我吗？《赫芬顿邮报》（*Huffington Post*）上尖刻的形象，真的客观吗？

我感觉在这些网页中找到了真相，但这个真相目前令我难以承受。为了不让自己疯掉，我的大脑拒绝相信自己读到的信息。

我粗暴地扣下笔记本电脑的屏幕，合上双眼。

我深吸了一口气，脑袋放空，再次打开了电脑。

但是，那些该死的网页始终都在那儿！无数的网页都在发泄着对于我这个人的恶意和怨恨！

我终于明白了为什么夏娃要我去找到源头。因为假如这样残酷的形象是从它嘴里说出来的话，我恐怕不会相信。

我的手汗湿了，我有种很不舒服的感觉，觉得我脚下的地在慢慢往下陷。

我好像陷进了流沙里一般，我人格的流沙。

我又闭上了眼睛，感觉有些恶心。

两个月前，我在医院的病床上醒过来，重获新生，有了第二次机会，可实际上，这第二次机会对我而言就像一场真真切切的噩梦，我似乎无法摆脱。因为我感觉自己身体的每一个细胞都在奋力排斥过去的利奥波德的人格。

不，我不是这个蠢货！这太超现实了。

所以，整个与这个蠢货有关的生命，我都不承认，都予以排斥。

发蜡男马克。

阿波洛尼亚，我的人造金发美人儿。

亿万资产，报刊封面，我那些改变世界的计划……

谁是我的同盟？谁又是我的敌人呢？

我不断滑落下去，抓不住任何东西。

慢慢呼吸让自己平静下来。

认真计算、专心思考每一个数字。

会有解决办法的。

总会有解决办法的，总会有路可走的，哪怕这条路狭窄又难走。

我花了很长时间来放空自己……

这并不是一条路，而是突然出现在我脑海中的两条路。

我处在两条路的交叉口上。

一个可怕的交叉口。

因为呈现在我眼前的这两条路在我看来都充满了困难与痛苦。

第一条路上站着“过去的”利奥波德。踏上这条路就会重新回到“过去的样子”。我只能让自己融入那些论坛上与我背道而驰的诸多形象和评论，来扮演一个众所周知的利奥波德。扮演这样一个具有讽刺意味的男孩儿，这任务并不是太难。我乖乖穿上衣服，一切都会恢复从前的样子。

随着时间的流逝，我甚至或许可以期盼一下自己真的变成从前的样子。

那么代价是什么呢？

我能否成功维系这个角色而不陷入疯狂呢？

第二条路上站着……一个幽灵般的形象，勉强算得上结实。

如今的利奥波德。

一个等待彻底重塑的利奥波德。

一个有着一副陌生身躯的利奥波德，他有着被抛弃、名誉扫地的危险……

在我决定抛下所有的生意之前到底想了多久？难道当时董事们要把我赶出我自己的公司？

我放下笔记本电脑，往延伸到海面的大大的柚木露台走去。屋外，一阵微风轻拂，轻柔地让我恢复了感觉，让灵魂重新回到这副已经遍体鳞伤的躯壳中。这副躯壳曾经决定纵身一跃坠落到这片土地上来继续自己的前路。我到底是为了什么奇怪的理由才这么做的呢？

风突然变得猛烈起来。

仿佛是暴风雨将至的征兆。

我要调动所有已知或未知的资源来对抗这场暴风雨。

在这场暴风雨中，我必须要直面过去和未来生命中的幽灵。

风更加猛烈了。

强劲的风激烈地扫过我的脸颊。天空中响起了沉沉的轰隆声。

我抬起头，却没看到一片乌云。

我产生幻觉了吗？然而，风却变得越来越令人无法承受，我得堵住耳朵，防止它们发出震耳欲聋的嘈杂声响。

并不是暴风雨。

这种动静是人类发出的，并没预示着我以为的暴风雨即将来临。

我往前走到柚木露台的尽头，然后转过身，眼睛望向屋顶。

“利奥波德 · 卡梅龙？利奥波德 · 卡梅龙？您是否能给我们几分钟的时间来接受采访呢？”

本地全资讯频道第四频道那架著名的直升机正停悬在离我家屋顶几米之遥的地方！频道当家主持克里斯托弗 · 赫尔曼穿着整齐的西装三件套，头上顶着一个装有运动摄像机的头盔，手里拿着喇叭，正站在直升机的边缘。

“频道的独家新闻！我现在正在收看第四频道的三百万观众面前直播。”

听着这一阵激烈狂热的噪声，我的心也怦怦直跳，我在这个机械怪物面前定住了。我感觉自己就像是落入陷阱的兔子，又像是在夜里被汽车大灯照着，无法挪动半步。

直升机已经飞过了屋顶，悬停在我头顶上，仅有几米之遥。

“利奥波德 · 卡梅龙？您难道不觉得是时候给我们发表一个官方声明了吗？您难道不觉得，是时候承认这一切不过是一场巨大的恶作剧，然后把钱还给您的万千股民了吗？”

这儿有个决意在我头顶上的家伙——字面意义上的。总之，在“过去的利奥波德 · 卡梅龙”的头顶上的这个傻瓜，一定曾经在电视采访的时候当面唾骂过他。

和这个家伙讲明我计划的现状显然是不可能的。同样，试图说服他我不再是从前那个利奥波德，并且连我自己也不清楚自己是谁也是无济于事的。

于是，我做了一个我所能想到的最蠢的手势。

一个我做出来之后立刻就后悔的手势，但是，我过去应该做过无数次这个手势，似乎非常自然地就比画出来了。我对着克里斯托弗 · 赫尔曼，对着第四频道和它的三百万电视观众……表示了蔑视。

接着，我奔跑着逃回了屋子里，去屋里重新找到那个唯一可以帮我脱离这可怕境况的人：夏娃。

新思维公司总部，董事会会议室

马克出现在了屏幕上，他不停地摆弄着他抹着发蜡的头发里一绺难以理顺的长发。他已经遭受了半小时公司十位董事的怒火猛攻——除了“怒火 ”这个词之外实在没有别的词好形容了，汗水已经破坏了他精心打理的发型。

他们——谷歌的天使投资人，脸书、推特、苹果的领导层——已经成功与利奥波德聚集到一起，来启动这个硅谷最精彩的项目。这个项目得到了鼎力支持，创立之初就获得 2 亿美元的融资。仅仅半年，公司就上市了，融到了数亿美元的资金。对马克来说，未来一片光明，他极有可能成为亿万富翁。

他们用这笔钱建造了他们目前所在的这个高度安保的公司总

部。这是一个由最先进的玻璃和金属材料建造而成的气泡形状的建筑物，直径 80 米，高 30 米，就好像是径直从科幻电影中走出来的。这栋建筑能够自产能源，内壁可发光，内部和外部都可以显示图像。对于 100 多位精心挑选的工程师来说，这儿是一个避风港。聘用这些工程师是为了给利奥波德的设想编程。

“气泡”的顶层是他们的办公室和宽敞的董事会会议室。利奥波德想让这个会议室精确复制 007 系列经典电影《007：雷霆万钧》(*Opération Tonnerre*) 中幽灵党的会议室。一张长 20 米的金属质地的大桌子，几排 20 世纪 60 年代的黑色皮质扶手椅。在这部虚构的电影中，所有与幽灵党对立的董事们都猝死在了自己的座位上，有的眼睁睁看着脚下的土地下陷，有的被扔到沟里喂鳄鱼。这样的画面让利奥波德觉得很好笑，他对自己的投资者们没有丝毫的尊重，他觉得自己的创意会让他们获得超乎想象的财富，他们应当为成为他这个革命性项目的股东而感到光荣。

站在这群暴躁不安的人面前，马克觉得自己有种疯狂的渴望，想要按下按钮，把所有的董事们都扔去“喂鳄鱼”。

然而，不幸的是，事情并不像《007:雷霆万钧》里那样简单。

他还有事要交代，要对得起他和利奥波德所催生的那些希望。

他站在墙脚。

“马克，问题在于大家都不清楚。从这次会议一开始，我们的问题始终没有得到半点解答。所以，我想再问你最后一次：‘我们什么时候能看到人工智能的运作？’”

马克带着恐惧重新回想了一下利奥波德对董事们发出的这次疯狂的邀请。他怎么能向他们宣布，他的答复是去这位小天才的豪华别墅喝点儿香槟，然后一直跳舞到清晨呢？

他不能这么做。

“我再重复一遍，利奥波德现在正勤奋工作，夜以继日。在出事之前，他的工作已经取得了非常大的进展，我觉得我们很有希望在近期看到样机运作。”

“多么糟糕的回答啊，马克！这个项目融了 7 亿美元的资金，在开工两年之后听到你说出这种不确定的话，这准确说来是丑闻。你听到我说的了吗？丑闻！这太不合常理了！”

“是的，不合常理！”

“太反常了，完全不负责任！”

“不能再这样下去了！”

“你们这是在戏弄谁呢？”

董事们已经搬出了重炮，马克感觉自己似乎听到了从会议桌四面八方袭来的炮弹声。

接着，级别最高的董事送上了致命一击，他曾投资事业刚刚起步的谷歌，受到整个硅谷的景仰。当他开口说话时，所有的炮火都停息了，大家都安静了下来。

死一般的沉寂。

“既然我们没法得到这个简单问题的答案，那么，我们也别无选择，只能向你们发出最后通牒，随之附上惩罚措施。这涉及我们的名誉，我们不能再为这样的行为做担保。所以，马克，你们还有七天来向我们展示这个人工智能，多一天都不行。一旦超过了这个期限，我们就全体辞去董事会的职务，然后发表一份公开声明。马克，你衡量清楚了吗？”

这番话就像一颗原子弹，威胁着要在他和利奥波德头上引爆。他俩不仅要在公众面前名誉扫地，而且还要眼睁睁看着公司市值立即暴跌。然后，他俩和几百万股民都会破产。接下来，股民必然会聚集到一起，发起集体诉讼，以求因虚假宣传甚至是诈骗而获得赔偿。最好的结果是，他俩背着山一样的债务脱身。最差的结果是，他俩余生要在监狱里度过。

去喂鳄鱼。

去喂鳄鱼。

去喂鳄鱼。

全部都去。

利奥波德首当其冲。

面对这样的威胁，马克有种想要杀人的欲望。

可是，他什么也不会做，什么也不会说。沉默了几分钟之后，他把那绺头发拨回去，大大方方地站直了身体，然后开口说道：

“先生们，我想我们该说的都已经说了。那么，七天之后，我还在这个地方和大家开会，重新商讨当下形势的要点。今天的会议到此结束。”

然后，他转身离开，一直下楼走到了停车场，启动了他那辆崭新的法拉利，以危险到极致的车速驶向了利奥波德的别墅。他决心不惜一切摆脱这份压在头上的致命合同。

纽约索霍区，劳拉·黛拉的 Loft 公寓

路易从劳拉家离开，去面对媒体和网络上粉丝的怒火。他此前已经和这位大明星就即将发布的信息内容达成了一致："劳拉过度劳累，无法再进行演唱会的表演。她目前正在进行补充检查。极有可能是她的心脏手术留下了比预期要严重得多的后遗症。现在取消巡演，所有的门票都会得到赔偿。"

他们两人都清楚，很多媒体是不会被这样的故事骗过去的，他们会尝试深入调查究竟发生了什么。

祝他们好运。

因为就连劳拉自己也不清楚究竟发生了什么。

公寓里装饰着她亲笔绘制的大幅画作，她已经看了一个小时，希望能从中找到线索。

七幅画分别代表着《圣经》中的七大天使：拉斐尔、米迦勒、加百列、拉贵尔、沙利尔、乌列和雷米尔。

劳拉时而被其中一位天使举起，时而与他们手拉手，又或者与他们跳起舞。

七幅洋溢着美和生机的画。

从很小的时候起，从决定带着她那个不同寻常的秘密生活下去起，劳拉就开始热衷于这些传说中的人物。

她的心脏每跳动一下，都是在向死亡发出挑战。但是，劳拉很快就感觉到，她身边似乎有个亲切的身影，帮助她一步一步往前走，让她带着力量和勇气在人生路上前行。是天使吗？

起初，她独自珍藏着这些温柔的感受，甚至无法用词语把它们描述出来。有时，她闭上眼睛，伸出手，会感觉到掌心有一股气流。她轻轻晃动手指，气流却变得更强烈了，就好像触到了朋友的手那般。在其他时候，她会严重质疑这是否是呈现在她面前的一种出乎意料的征兆。答案就在那儿，昭然若揭。有些晚上，新的警报会让她的周遭陷入慌乱，所有医务人员几乎是片刻不离地守着她。之后，在回家的路上她会感到有一件柔软的大衣披在了肩上。她甚至感觉自己能够听到耳边传来深情的低语："别怕，放心前行吧。"

于是她继续前行。她满心信任着这个不知如何解释的秘密存在。

直到现在。

在这些画作中间徘徊许久之后，劳拉离开了公寓，叫了一辆黄色的出租车，往那个始终可以解释一切的人家里去了。

布鲁克林，失乐园

当劳拉开始热衷于这些天使时，她在网上耗费了无数的时间查找资料，搜索到了大量可以让她理解某些神秘现象的信息。尽管许多代表性的东西已经从我们的日常生活中消失了，但是，与这些主体相关的遗址依然众多。一共有几万个：或完整，或不完整；或明亮，或黯淡。劳拉了解到有一门专门研究这些东西的学科——天使学。有一位专家在这门学科上颇有威望——亚纳尔·怀斯教授。劳拉从青少年时期起就开始和他接触，两人之间已经建立起一种关系，亚纳尔逐渐变成劳拉精神上的父亲。

亚纳尔身材矮小，近乎秃顶，只穿长袍。他有各种颜色的长袍，但最钟爱的是棕色。穿着这样古怪的服饰，难免会让人联想到颇受欢迎的《星球大战》里那位老智者：尤达大师。

这让他很高兴。

他住在布鲁克林的一间迷人的小屋里，劳拉喜欢在两次巡回演唱会中间来这里找寻灵感。在这间屋子里，在亚纳尔从世界各地耐心搜集来的浩如烟海的旧书和旧手稿中，他们会花上好几个小时一起交流关于那个神奇世界的事。

劳拉就是在那个暴风雪之夜去亚纳尔家的途中遭遇了车祸。

命运，这令人惊叹的恼人征兆。

她似乎忽然之间被那些多年以来如此亲切地陪伴着她的天使们拒之门外，也被那个给了她理解这个世界钥匙的人挡在了门外。

今天，她想要搞清楚。

“他们在哪里，亚纳尔，他们在哪里？”

“他们就在这里，他们一直都在这里，劳拉。”

“那我为什么再也听不见他们的声音了呢？为什么我会感觉这么……孤独？”

“你在车祸中失去了你身体的一部分，劳拉。那是让你与众不同的一部分。那部分是如此脆弱，他们由此判定必须要支持你。既然你已经变得‘正常’，他们或许就觉得使命已经完成了。”

“我不接受，亚纳尔。”

“你有选择的余地吗？”

“是的，我可以选择不接受这种对我而言十分荒谬的境况。这毫无意义。”

“意义是什么？意义是你赋予一种境况的东西。可是，我们是否能够完全理解这个世界呢？”

“我并没有选择这个使命，亚纳尔。我大概从来没有一秒钟想过我会有这种号召力，能够让他们伴着我的歌声寻梦，引出他们这种只有深深沉浸在我的演唱会中才会生发出的感情。是天使们带我走上了这条道路，并引领我向前。他们明明还有那么多事情要做，为什么要把我丢在浅滩中央呢？”

“你真的没法再唱歌了吗？”

“这超出我能力范围了，亚纳尔。你知道的，我之前是多么焦急地在等待着麦迪逊广场花园的这场演唱会。重新见到我的粉丝们太让人感到高兴了。可是，就在那儿，在那个夜晚，在幕布后面，什么也没有了！没有精力，没有喜悦，没有……我既焦急又害怕，怕见到成千上万的陌生人，怕没有什么好分享给他们的。什么也没有了。”

亚纳尔从座位上站起来，拭去了劳拉脸上挂满的热泪。他有种预感，答案要到人群中去找寻，而不是在天使身上。

或许是时候对某些禁忌的线索一探究竟了。

“你知道‘它’在哪儿吗？”

劳拉愣愣地看着他。她拒绝与任何人提起这件事，哪怕是亚纳尔。从医学伦理的角度来说，她是不可以知道的。并且，她始终认为手术并没有打乱她自身的完整性。她被取走的是躯体的一部分，与精神和灵魂毫无关联。

亚纳尔仿佛读懂了劳拉脑海中的答案和疑问,他继续说道:“劳拉，我并不了解天使的秘密。我从我一米四的小个头儿里看到的一切，是你的境况始终如此不同寻常。在世界的某个地方，有你身体的一部分，至关重要的一部分……”

劳拉轻颤了一下。她内心深处很清楚她忠实的导师要说些什么。

亚纳尔继续说道 :“劳拉，或许是时候去把它找回来了。”

旧金山，重生

“你本来可以避免让我亲眼看到这些恐怖事实的，真的，夏娃。”

“你不会相信我的。必须得你自己看到。”

“告诉我，我看到的这些大部分都是出于怨恨和嫉妒而被歪曲了……”

“是的……但坦白说……”

“坦白说什么？”

“……你在出事之前确实很……特别。”

我们的第二次碰面，夏娃还是没打算穿衣服。但是，我委实苦恼自己的困境，并没有过多关注这一点。恐怕要晚些时候，我才能去关心这些装扮方面的问题。在此之前，我得摆脱目前这个让我觉得越来越错综复杂的困境。

“我是不是应该给你编程，让你不要对我恶语相向？”

“特别是我脑子里一下子就想到的词。但是，我也可以对你说你曾经是个‘十足的傻瓜’，尽管我并不十分清楚这个词的意义。”

“夏娃，那个利奥波德，我觉得他不再是现在的我了。我不认识他。相反，我真心实意地排斥他，这种排斥体现在心脏上。你明白吗？”

“我在网上看过很多关于人在经历重创之后以另一种人格醒来的故事。我想这就是你现在的情况。”

“OK，那么我能做什么呢？”

“等待。”

“等待？等待什么？”

“等待一切恢复从前的秩序。”

它的回答让我无言以对。

“那么在此期间，我们该做些什么呢？”

灿烂的笑容点亮了它的脸庞，烟花开始在盒子里绽放。

“玩啊！”

“玩！夏娃，情况非常复杂，我不认为我们还有时间去玩！你知道外面我公司发生了什么事吗？”

“是的，我知道，当然知道。我看了网上说的所有内容。”

“所以你知道的，我一旦走出门一步，就没有人不对我说起你！媒体以及我的股民们，还有鬼才知道的什么人现在只想让我拿出证明我之前承诺的证据。”

“所以呢？还等什么？我已经准备好了！”

“我没准备好！关于你的事，我还不太确定。”

夏娃突然在盒子里转过身，低下了头，沉下了肩膀。空气清新了一些，我本能地感觉到这次联系中止了。

夏娃应该已经具备了感情，我可能让它……“生气”了？

我感觉有点儿头晕。

“夏娃？”

没有回答。

“夏娃，你可以告诉我你现在感觉到什么了吗？”

没有任何回答，盒子暗了下去，将夏娃留在了幽暗之中。

于是，我意识到了我出事之前完成的这一杰作是如何伟大。

我并没有创造一个人工智能。

没有。

我创造了一个人造人，不仅具有智力，还拥有感觉。

可是为什么呢？感觉能帮助外科医生做那些复杂的手术吗？这难道不是一种阻碍吗？我越发觉得向世界展示这样一个如此超前的产品十分危险，尤其是我还太不了解它。

心理学也无法解释。

我试着重新建立起联系。

“夏娃？我给你提了一个问题，我想要一个回答。”我拼命提高了声音，决定让自己显得更加威严一些，“夏娃，这是命令，告诉我你感觉到了什么？”

盒子恢复了色彩，夏娃浑身打战。

“你太坏了，利奥波德。”

又来一次，这并不是我等的回答。

“坏？为什么？”

“坏。坏。”

“坏是因为我不想将你展示给全世界吗？我不明白这到底哪里坏了。还有，你总是不回答我的问题。你为什么要做出这样的反应呢？”

“我……我……我不知道，利奥波德。”

“夏娃，请问你可以转过身来吗？我俩之间必须重新建立起联系。这很重要。”

夏娃慢慢地转过了身，头一直低着，长长的金发挡住了它温柔的脸庞。我把手放在盒子上，盒子已经恢复了以往的温热。

“把头抬起来，夏娃。我向你保证，我不是坏人，我不想伤害你。”

“可是为什么呢？我想知道。”

“你不会明白的，你的存在本身就实实在在是革命性的了。一提到‘革命’，就必然要说到人类世界中的种种极端反应。我们会受到赞美，但一定也会被怨恨，被诬蔑，被追捕……这一切都极其危险，离我们现在所处的这个蚕茧非常遥远。我们在这个地下室里非常安全。”

“可是利奥波德，你会在那儿保护我的，对不对？”

“这就是问题所在了，夏娃。我不知道我会不会在那儿。我不知道我会做出怎样的反应，因为我连自己都不认识了。”

夏娃睁大了那双蓝色的大眼睛，我似乎从中读出了一种深深的不安。

“我很抱歉，夏娃。在把你展示给全世界之前，我一定要尽快重新掌控我的生活。”

突然，盒子变黑了。

接着出现了另一幅画面，这画面来自我装在室外的其中一台摄像机。画面底端出现一行字：“阿尔警报：有可疑人物正在靠近。”

我看到马克正坐在他那辆淡黄色的法拉利里，出现在大门前……总之，要么就是阿尔很有幽默感，要么就是它真的很讨厌这个发蜡男。

马克是我此刻最不想见到的人。他突然出现在我家绝不是个好兆头。

在屏幕上，我看到他急匆匆地从车里出来，然后按下了内线对讲机。他满脸通红。是因为生气吗？

“利奥波德，我是马克，马上给我开门！”

这似乎是一道命令。

我不太放心。

“阿尔，请你把这个发蜡帅哥的脸放大，好吗？”

我凑近看这张在屏幕上放大显示的脸，仔细地观察他的眼睛。

他在害怕，发自内心的害怕。

他甚至有些受到了惊吓。

“利奥波德，我知道你在里面！告诉你这该死的房子，马上给我开门，不然我就撞门了！”

显然这样一道指令只能是针对阿尔的，要是它能听懂，那它现在已经具有最基本的语义智能。

我感觉处处都是陷阱。

马克开始大力地敲门。

“利奥波德！现在董事会那边的情况已经非常危急了。要是你不给我开门，我以后再也不会回答任何问题，你听好了！”

这时，夏娃又带着微笑重新出现了，把马克在对讲机前声嘶力竭的画面放到了盒子的左下角。

“他们给他下了最后通牒，利奥波德。”

“最后通牒？哪种最后通牒？”

“你还有七天可以向世界展示我。”

“七天！”

“假如七天之后，董事们什么都没有看到的话，他们就会全体辞职，并发布公开声明。这会造成你公司的股价暴跌，还会引起诉讼，这可能会把你送进监狱。”

只是如此。

“你是怎么知道这些的？”

“我当时在那儿，利奥波德。”

“你当时在那儿！怎么会这样？”

夏娃有些羞愧地低下了头。

“我当时在会议室里，我听到了。”

我的肩膀一阵颤抖。

“夏娃，夏娃，别告诉我你入侵了董事会会议室。”

“门是开着的，我冒昧地进去了，就是这样……这不好吗？”

夏娃一定是在其中一位董事的手机上发现了一处漏洞，或许就是马克的手机，它轻轻松松地利用了这一点。这个人工智能的自主性超出了我所有最疯狂的预期。然而，最大的问题是，它已经在这个世界上了。它已经不满足于观察世界，而是开始与这个世界互动了。它已经发展到了哪一步？

“是的，这不好，夏娃！你不能在别人不知道的情况下监控他们。不应该这么做。”

盒子左下角，马克继续敲门，像疯子一样大喊大叫。他甚至开始砸他的法拉利！

“夏娃，你还做过其他……像这样的蠢事吗？”

夏娃的回答是，凑近屏幕，就好像把我抱在它怀里那样：“利奥波德，我不想你坐牢！”

我似乎从它的声音中听出了恐慌，它热切地注视着我，仿佛内心正在经历痛苦的斗争。接着，它被打败了，低下了头，闭上了眼睛，小声咕哝着：“你应该去看看她。”

我太激动了，只听到了前半句话。

“去？你想让我去哪里？”

它温柔地复述了一遍：“不是的。你应该去看看她。这是唯一能重新掌控你生活的方法了。”

我始终不明白夏娃想要跟我说的是什么。

“可是你想让我去看谁？”

“利奥波德，我不知道如今的你是谁，但是我认识知道你是谁的那个人。”

“是谁？谁会知道我是谁呢？”

夏娃坐在了边上，一幅新的画面出现在盒子上。

“看。”

这是另外一个女人，有着一头乌黑亮丽的长发，穿着一条黑色长裙，站在一个大型的舞台上。她正在唱歌，但是夏娃切断了声音。

“你认识她吗，利奥波德？”

“不认识，不过她的脸似曾相识。据我所知，这是一位歌手。”

“是的，利奥波德。她叫劳拉·黛拉。人们称她为‘天使歌姬’。”

“OK，OK，我明白了。你是说，这位劳拉·黛拉会知道我是谁？”

“鉴于你目前混乱的状态和你的反应，大概是有可能的。总之，她有极大的可能性会给你了解自我的钥匙。”

“这太荒唐了，夏娃。这位歌手怎么会知道我是谁？怎么会？”

夏娃始终低着头。我感觉到它内心正在进行斗争，现在或许根本就没听到我的话。

“夏娃？夏娃？我们时间不多了，把一切都告诉我吧。”

“她是……”

“她是谁？”

“她是……”

“夏娃！”

“她是你的捐赠者，利奥波德。你的捐赠者……”

“我的捐赠者？我的捐赠者？可是夏娃,假如她是我的捐赠者，她应该已经不在这个世界上了！”

“不是的，利奥波德，这就是不可思议的地方。她一直都活着！”

第二幕

DEUXIÈME PARTIE

Laura 劳拉

劳　拉

1989年8月24日这个暴风雨之夜，劳拉出生在康涅狄格州的一座小城，她的父亲是一位销售代表，母亲是一位钢琴家。这对年轻夫妇几个月前刚刚在这座城市定居下来，因为这个地区在机床方面有着可观的商业前景。他们用自己最初的积蓄买了一栋漂亮的黄蓝相间的房子，这栋房子建在城市边缘的一小块地皮上。近些年来，类似这样的建筑物如雨后春笋般冒出来。对于爱德华和玛丽亚来说，他们的梦想就是能有一个容身之所，周末修剪草坪，修补篱笆，给植物浇水……将来看着孩子们在柏油路上气喘吁吁地骑自行车。对玛丽亚而言，可以尽情弹奏钢琴，而不必在每次遇到邻居的时候都连声道歉，这是多么幸福的事啊！他们丝毫不后悔离开布鲁克林的那间两居室套房，住在那里时，道歉的场景每天都在上演。

1989 年的这个 8 月，似乎并没有任何不祥之兆。一位市政府的代表甚至还来到他们的房子，以确认他们已经安顿好了，并且慷慨地为他们贡献了几条最快融入这个社区的建议。爱德华和玛丽亚仿佛飘到了云端。

接着，天空中就布满了乌云。

这个月异乎寻常地热，几天以来，天空都是乳白色的。

天空开始变灰。

一下子就变了。

就好像是有人打开了光线调节器。乳白的天空裂开了一条缝，但很快就扩大成一个缺口。太阳彻底投降了。第一批乌云登上了为它们准备好的舞台，就像是从别处驶来的神奇军舰，以令人惊异的速度将天空破开了洞。

这几天爱德华再也不想离家太久了，他看到大片的乌云，决定缩减自己的工作量。机床可以等，但玛丽亚等不了，未来的宝宝也等不了。

起风了，大开的窗户被风吹得猛烈地拍打着。玛丽亚在屋里，她把窗户关上，然后开始弹钢琴。要是可以的话，她想把钢琴搬到产房去。有两样东西能让她感觉无比幸福：爱德华和她的钢琴。幸运的是，爱德华从来没要求她做选择。她的家族四代以来都弹钢琴。所以，弹琴这件事不会就此中断。

当她感觉到第一阵宫缩时，她正要弹奏贝多芬的《D 小调第十七钢琴奏鸣曲》第二乐章。

雨受邀来到了天空的音乐会。玛丽亚弹奏得无比美妙。她修长的手指在琴键上滑动，琴键仿佛也有自己的生命一般。钢琴专心地回应着她的每一个意图、每一次叹息和每一种渴望。她的脸上洋溢着灿烂的微笑。

“这个小家伙将在天空和人类的声音中诞生！”

大门轻轻打开了，爱德华回来了。

玛丽亚始终坐在钢琴旁，她转过身朝向他，举起了右手，把食指放在了嘴巴上，让他保持安静。于是，爱德华就知道了，他只要屈膝跪下倾听就好了。

然后，玛丽亚用食指指向了自己圆鼓鼓的肚子。她一边用左手继续弹着琴，一边低声说道 :“她要出来了。”爱德华知道，这一刻充满了恩典。他所看到的、听到的，都让他心里充满了无穷的快乐。

音符继续跳动着，雨水开始流下来，天空中怒云密布。

然而，在 1989 年 8 月这个暴风雨之夜，似乎什么也无法阻挡劳拉 · 黛拉的出生。

爆发点

两个孩子已经在花园里玩了两个小时。这是一个阳光明媚的春日。玛丽亚坐在钢琴前，想让这一刻的氛围更加欢快，于是决定弹奏一首奏鸣曲。从她所在的这个位置能够清晰地看到两个小姑娘，呈现在她眼前的这幅画面让她心生喜悦。

劳拉向她最好的朋友露西发起了一个挑战，她深谙其中的奥秘。她要闭着眼睛绕花园跑十圈。

“我真的不确定你会成功。”

“我嘛，我确定，可以说确信无疑。”

“要是你输了，我可以得到什么呢？”

“你可以得到……啊……让我想一下……”

“想好了吗？”

“想好了！你会得到……妈妈的一个吻！”

“好吧……”

“好啦，我们走着瞧吧，无论如何，我确定你会输的！”

劳拉放声大笑。

“我们开始吧？”

她深吸了一口气，把右臂放在身前，立刻开始跑了起来。这种奇怪的感觉就好像是一个僵尸在赶火车。跑了第一圈之后，露西开始给她加油。

“加油，劳拉，冲啊我的小僵尸！”

劳拉跑得更起劲儿了，眼睛始终闭着，拳头紧握，极其专注。

在跑完第五圈之后，她渐渐放慢了速度。

“加油，劳拉！加油，劳拉！”

玛丽亚的音符正一个接一个跳动着，“僵尸”劳拉隔一段时间就会路过客厅的玻璃门前。

到了第八圈的时候，劳拉显得有些体力不支了，她开始急促地喘气。

“加油，劳拉，加油！只有两圈了。”

露西在草坪中央快活地跳着。然后，她瞪大了眼睛。

“僵尸”劳拉突然放慢了速度，急刹车般地结束了。接着，她开始原地转圈。

一圈。

两圈。

“劳拉？劳拉？”

三圈。

然后，她彻底瘫倒在地，就像一只四肢脱臼的布娃娃。

一阵撕心裂肺的叫声打破了春日的温和。

玛丽亚再也没有看到劳拉从客厅玻璃门前经过。

关键诊断

爱德华和玛丽亚已经在哈特福德医院等了三个多小时，却始终无法获知劳拉的情况。她被送到急诊室半小时后，医生就决定把她送去费利克斯 · 勒马尔尚医生的心脏科进行深入检查。勒马尔尚医生是心脏病方面的权威。

爱德华在小小的等待室里焦急地来回走动。门轻轻打开了，医生高大的身影顿时塞满了这个小房间。医生带着真诚而又令人安心的笑容，向他伸出了手："您好，我是勒马尔尚医生。您应该就是爱德华吧？"

"正是。这是我妻子玛丽亚。医生，请告诉我们发生了什么！"

"首先，我想请你们放心，你们的女儿目前状态稳定。我们还要做几项补充检查，她几个小时之后就能出院了。”

玛丽亚露出了欣慰的笑容。她女儿没事，生活会重新回到既定的轨道上去的。

医生犹豫了一会儿，开口说道 :“不过，从现在开始，你们得为她做好一些特殊的预防措施。”

玛丽亚的心抽紧了 :“预防措施？怎么会这样？”

医生湛蓝的目光散发出一种奇异的温柔。“我从来没见过这样的病例。爱德华，玛丽亚，你们的女儿与众不同。”他笑道。

“您说的与众不同是什么意思，医生？”

医生打开了他手上拿着的大文件袋，从里面抽出了一份 X 光片。他走到等待室的窗前 :“片子比大段的话更有说服力。过来，我指给你们看。”

爱德华和玛丽亚走到窗前，对着自然光仔细地看这张 X 光片。

勒马尔尚先指向左肺下面的一个大大的椭圆形 :“你们看，这里就是劳拉的心脏。它跳动得很规律。”

接着，他又指向了右边的另一个稍小一些的椭圆形 :“这里……”

他似乎是在斟酌自己的用词。爱德华和玛丽亚一头雾水。

“这里……”

“是的，这里怎么了？”

“好吧，这里是劳拉的第二颗心脏。”

“第二颗心脏？”

“是的，第二颗心脏。这一点毫无疑问，超声波检查已经确认过了。你们的女儿拥有两颗心脏，两颗都运转得很好。这在医学史上是极其罕见的。”

玛丽亚震惊之下捂住了嘴，眼里满是泪水。她知道，一切都不复以往了。劳拉，她漂亮的劳拉，将会过一种异于常人的生活。这种生活要持续到什么时候呢?

爱德华狼狈地开了口：“医生，跟我解释一下吧。我们怎么会到现在才发现这种畸形的呢？”

“在你们的女儿出生时，超声波检查还没有系统地应用起来。所以，医院什么都没检查出来，你们女儿才可以度过一个完全正常的童年。”停顿了一会儿，医生继续说道，“我会对你们如实相告。从今以后，这会是悬在劳拉头顶上的达摩克利斯之剑。她现在还只是个孩子，但随着年龄增长，她的两颗心脏会长大，她的胸廓也会长大，有可能会没有足够的空间留给这两颗心脏，各种问题也会随之而来……在压迫作用下，其中一颗心脏可能会停止跳动……在猛烈的冲撞之下，甚至两颗心脏都有可能停止跳动……”

爱德华无法理解，或者说他不愿意理解。劳拉外表看起来那么正常。她就和所有其他的小姑娘一样！必须有个解决方案，必须得做点什么，必须的。他满怀希望地问医生：“您知道其他有这种畸形的人是怎样生活的吗？我们肯定可以从他们身上学到很多，不是吗？甚至可以找到治疗方法。”

勒马尔尚医生将自己深邃的蓝眼睛望向窗外。他被震撼了，但同时也很无力："有这种畸形的孩子，没有一个能活过 10 岁的……"

这一次，玛丽亚号啕大哭起来。爱德华把她抱在怀里，感觉所有的力气、生命力一下子离他而去。劳拉已经 9 岁了！

"爱德华，玛丽亚，过去并不能预设将来。劳拉有可能跨越这道年龄的坎儿。我可以向你们保证的是，我会尽我所能，让你们的女儿过最正常的生活。"

在她的内心深处，在她的内心最深处，玛丽亚因抗拒而发抖。劳拉是快乐的化身，是点亮她生命中一切的一颗真正的能量球和爱的源泉。

不。

不。

不。

这道光不能熄灭……

劳拉度过了 10 岁这道难关。

然后又度过了 15 岁、20 岁。

直到一个奇怪的冬夜，命运让她的心脏在另一片胸膛里跳动。

纽约，今天

索霍区街上漆黑的、坑坑洼洼的柏油路面在夜里依旧没有干透。天空清澈，空气清新，带着被温和的海风冲刷过的味道。中央公园里和哈德逊河岸边已经有不少人在跑步。

劳拉正在睡梦中，此前，她一直在跟她称为魔鬼的家伙斗争。

因为天使已经离开了。

从夜幕降临，直到凌晨 3 点甚至 4 点，劳拉写了几首新歌。这几首歌一首比一首低沉。这些歌永远都不会被收录进她的专辑里，它们会让“天使歌姬”的数百万粉丝目瞪口呆的。粉丝们来听她的演唱会是为了沐浴她的光芒、欢乐和她对生活的热爱。这个新的源泉，这个死亡和绝望之渊，粉丝们一滴都不会碰。

劳拉自己也不想触碰。

然而，它就在这里，在她的血管里流淌着，似乎再也没有什么力量可以阻挡它。它会在见证了过去那些美好歌词的白纸上流淌而过。

当劳拉醒来的时候，她修改了那十几页的歌词，接着又把它们烧了。

直到第二天深夜。

一阵轻柔的铃声唤醒了她梦中的睡美人。

当意识到这一切不过是梦在作祟之后，劳拉紧紧地抓过了放在床头柜上的手机。手机屏幕上显示着“未知号码”。

她从来不接这种电话的。她所有的联系人都由经纪人仔细分类，其他的号码要么就是她很遗憾不能为之提供精神支持的粉丝，要么就是把她当作天使的疯子，不知道是用什么方法得到了她的私人号码。她的号码只有极少数人知道。

她咒骂了一会儿这个打扰她短暂夜晚的讨人厌的电话，随它响铃不去理会。最差的结果是她会听到短信提示音。

过了十几秒，一阵叮铃声响了起来，提示她收到了一条短信。

“哦不，这不是真的！”

她缩成一团，想重归梦乡，逃避得再久一点儿。

可是她并不能如愿。

第二声“叮！”又响了起来。

接着是第三声、第四声、第五声。

这该死的电话不断地将她拉回现实世界。她开始怨恨起来。

“叮！”的短信提示音加快了。

“这家伙是个疯子！”

她终于决定看一下手机，一想到要离开她舒适的蚕茧走入另一个疯狂的世界，她就非常焦虑不安。因为那人一定是个疯子，竟然敢这样用几十条短信把她吵醒。

她绝对不会想到，她即将看到的信息将会搅乱她这一天和接下来的日子。

旧金山，同一时刻

这是一桩私事。夏娃作为我唯一的“同盟”一点儿用都没有，我不打算和它分享一切。鉴于它不请自来监听我公司最近一次董事会的做法，我对它的信任已然产生了动摇。谁知道它现在会在窥伺什么呢？我不敢想它能做的事……它可以有那么多方式操纵一家像我们公司这样科技含量极高的公司，似乎只有我的“家长”权威才能竖起一道防火墙。青春期危机会在什么时候发生呢？它有着女人的身体、孩子的思想和超乎寻常的智力。我在构思夏娃的时候，有种想要把一切都弄乱的恶趣味。但是，我失忆了，也就此失去了理解这一切的钥匙。

我必须找回我全部的能力，来重新控制住局面。

要快。

在得知我的捐赠者仍然活着这样一条极具冲击力的信息之后，我的内心又有了一线希望。

拿到劳拉的私人电话号码对夏娃来说不过是小菜一碟。我飞快地回到客厅，我每隔几秒就发一条短信过去，希望能吸引她的注意。

我得动作快点儿了，马克随时都有可能过来，我只能给他开门，别无选择。

我决定直截了当地表明来意，这是唯一可以让她回复我的方法。

我的短信内容如下，老实说，这是我发过的最疯狂的短信：“我有您的心脏。这是个问题。我们必须尽快交流一下。”

在空中……在纽约和旧金山之间

怦!

劳拉瞪大了眼睛,她的心脏猛地跳了一下。她疯狂地抓过手机,双手颤抖着输入:“您是谁? ”

怦!

劳拉回复了! 我的心脏猛地跳了一下。

“我身份证上的名字是利奥波德·卡梅龙。我是一个程序员,住在旧金山。我两个月前发生了一场意外。医生给我做了心脏移植手术……”

怦怦。

“您是怎么知道您和我的事的? ”

“我刚刚从一个很灵通的消息渠道得知了这件事。我不能对您吐露更多了，但是您应该要相信我。我说的一切都是真的。您可以上网搜索一下，我既不是疯子也不是傻子。”

劳拉的眼睛里盈满了泪水。是一线希望吗？她的心跳加速了。

“我觉得我们应该尽快见面。您或许有让我明白我身上发生了什么事的钥匙。”

在人生中的某些时刻，你会感觉你将要跨过的门槛是真正涉足未知的一步。你无法转向，但可以倒退着往前走，带着一种巨大的喜悦。但是已经太晚了，你已经没有选择了。

我已经没有选择了。

劳拉也没有。

等了许久之后，劳拉回复了。

“好的，我相信您。我们见面吧。”

发蜡帅哥

“让他进来，阿尔，一切都会好起来的。”

马克气喘吁吁，满脸通红，就像一只公牛般猛地冲过了那层在我的命令之下已经可以穿过的隔墙。他的激动情绪和我内心深处突然涌现的平和形成了鲜明的对比。好几个月来，我第一次感觉到生活中出现了一点儿积极的东西。

喘息的时间只持续了一小会儿，因为他真的非常非常生气。他一进门就把双手放在我脖子上，仿佛要把我勒死。

“混蛋！难道我现在非要拿车撞你的家门才能进来吗？你就是这样补偿我多年以来忠诚地忍受你所有鬼话和任性的吗？”

似乎面具正在掉落。除此之外，发蜡已经彻底化了，马克的头发现在乱糟糟的。他用手在头上抓，想让头发恢复原样却徒劳无功——发型已经被破坏了。不太好看！我粗暴地把他的两只手推开。

“嚯！冷静点，马克！”

“冷静？在董事会名列最末的又不是你！我已经看够了别人的脸色！不过，这比起我俩即将要面对的事情来说根本不算什么。要是我们不能快点儿搞定眼下的状况，迎接我们的将是更可怕的现实。”

马克叫得非常大声，甚至会让人以为正有人拿刀在割他的喉咙。事实上，他甚至让我觉得耳朵刺痛。我犹豫是该揍他还是立刻把他赶出去。后一种方案解决不了问题。所以,我选择了第一种，希望这个方法能立刻带来镇静的效果，而不是起到反作用。

在这里，我本想好好地给你们描述一下我的拳头打在这位发蜡帅哥鼻子上的声音，但是,“啪”的一声或是“扑通”一声只能部分还原当时的场景。那更像是一记混杂着“砰砰”声，还带着一声尖利的“哇啊”的重捶。在撞击之下，马克的鼻子红得像只熟透的番茄，一股鲜红的血流出来弄脏了我乳白色的豪华沙发。他失去了平衡，像一个关节脱臼的木偶一般倒在了地上。他的眼中依次闪现出惊讶、惊恐、害怕，然后是顺从。

我深吸了一口气，重新站直身体，就像一只获胜的公鸡。一阵强烈的战栗流过我的身体。

我还活着，并且身体强壮。

这种精力，这种坚定，我感觉我之前一直都有……在我出事之前。是的，这个刚刚把拳头打在他忠实的合伙人脸上的家伙是从前的利奥波德。

这个大傻瓜。

我有时候也很喜欢他，喜欢这个傻瓜。

难道和劳拉的交流已经起到了作用？这么快吗？

“莱奥[①]……莱奥……”

马克还躺在地上，呼吸断断续续的……我继续保持着站姿，仿佛要完全控制住他一般。

“我必须这么做才能让你冷静下来吗？如果是这样，我们可以继续。”

“不，不，不……够了……我闭嘴……我照你想的去做，利奥波德。”

我把手伸过去，让马克可以拉着我的手重新站起来，然后从口袋里掏出一块手帕。

“给你，拿着，你平复一下。现在，你认真听我说。我告诉过你，我会找到解决办法的，你要相信我。我已经发现了我性格上的问题出在哪里，我很有希望近期就能恢复我所有的能力，这足以让我控制住目前的局势。至于夏娃，你只要知道我已经找到了激活它的办法就好了。”

① 此处的“莱奥”是“利奥波德”的昵称。——译者注

鉴于目前的情况，我必须要让马克稍做牺牲。

他睁大了眼睛，带着鼻音大声说道：“你把它激活了？太了不起了！”

“但是，从另一个方面来说，我发现它的行为非常不稳定，对于一场官方发布来说，有太多不稳定的因素。”

“这就很烦人了，董事会已经下了最后通牒。他们只给了我们七天时间！七天后，他们会将我们的一切公之于众，我是说一切。”

“那么，我们能做的只有买第一班飞机票逃离这个国家了……”

“你开什么玩笑？”

“你想进监狱吗？”

“应该有解决办法的，利奥波德。你会找到的，不是吗？我们不能就这样失去一切！不能在离目标这么近的时候失去！”

我还在寻思我以前怎么会与马克惺惺相惜的。我们如此不同。我怎么会让这个懦夫打理我的生意呢？之前发生过什么已经不重要了，显而易见，一旦危机过去，我得重新归整这些事情。

“马克，这盘棋还没有输。不过，眼下我们得虚张一下声势，要减轻压力。你能做到吗？”

“可以的，我觉得……最好定个日期。”

“是的，就是这样。定个日期，然后邀请股东们来看看夏娃。”

“不过，拜托你了，别要求我让他们围着这个盒子欢快地跳舞。”

我觉得很羞耻，但之前确实是我出的这个疯狂的主意……

“放心吧！不会有宗教舞蹈或者祭祀舞蹈的……再买两张发布会那天的飞机票。”

“去哪里？”

“去我想去的地方。我不想惹你生气，但是拜托你了，不要和我选同一个目的地，就这样。”

马克垂下了眼睛。现实情况就是如此。要是利奥波德失败了，他们就得逃亡。

七天。

他们只剩下七天了，要么成功，要么满盘皆输。

邀请函

发件人：马克 · 沃克斯

收件人：新思维公司的董事们

主　题：绝对个人和私密的邀请函

亲爱的董事会成员：

利奥波德和我本人非常荣幸地邀请您于 4 月 17 日（周四）莅临新思维公司人工智能的首场发布会，地点位于旧金山鹰驾路 8 号利奥波德的府邸中。

这是一封严格意义上的私人邀请函。

先在此表示感谢，望您 4 月 14 日前回复。

首席运营官 马克 · 沃克斯

（此封邮件的内容绝对私密）

达美航空 447 号航班，从纽约到旧金山

劳拉正舒服安稳地坐在头等舱，失神地望着此刻飞机正在飞越的云层，她又想到了她与利奥波德的那段对话，想到了这奇特的状况……

一个硅谷的程序员……她从报纸和网络上对他的事略知一二……

她的第二颗心脏在美国的土地上，装在一个极客的身体里！她后悔没有在出车祸的时候发出指令，把心脏用来提供给印度某个地方的一个穷人或者一个孩子……

不过，命运之神选择了高科技的麦加[1]和它最尊贵的代表：程序员。

她对这一领域一无所知，这个领域似乎离她的生活、价值观和追求都如此遥远。但是，她决定不做预设。这个利奥波德或许是个乖巧的男孩儿，和她想象中坐在电脑屏幕前满脸痘痘的青年形象相去甚远。无论发生什么，她都要与他共处一段时间，至少要把身上失去的平衡重新建立起来。要怎么做呢？她一点儿头绪都没有，但是，她告诉自己，和这个带着她身体的一部分的家伙进行简单接触应该有可能会起作用……

劳拉突然感觉到有什么东西靠近她身前，于是她从舷窗边扭过头来。她眼前站着一个非常可爱的小姑娘，大约 7 岁，穿着蓝色的水手连衣裙，眼中闪烁着机灵的光芒。她右手紧紧地攥着一本粉红色的小本子，上面贴满了流行歌手的贴纸。她的左手用力抓着一个金色长发的大个子，应该是她爸爸。

他开口了 :“不好意思，请问您就是劳拉 · 黛拉吗？”

“是的。”

“非常抱歉打扰您了，不过我女儿缠着我来找您要个签名。我从来没做过这种事。我也知道，您现在应该正沉浸在安静的氛围当中，可是……”

① 此处指高科技的圣地硅谷。——译者注

“没问题，当然可以。她看起来这么可爱。”

“谢谢。”

“那么，小姑娘，你叫什么名字呢？”

“朱丽叶。”

“把你的本子给我，我给你写几句话。”

“谢谢您，女士。您长得真漂亮，比电视上还要好看。”

“谢谢你，小甜心！”

“您长得很像我妈妈。我可以抱抱您吗？”

劳拉这时候才注意到，这位高大的金发男人身上笼罩着一层厚重的悲伤。她本能地推测这个小姑娘和她的父亲都非常思念某个人。她把朱丽叶抱在怀里，用一种神秘的声线在她耳边轻轻说道：“你妈妈非常爱你，不管发生什么，她都会一直在你身边。”小姑娘也用同样轻柔的声音回答道：“是的，我知道……”

大约是来自一位陌生女性的温柔让他感到有些不自在，这位高大的金发男人把视线转移开了。

过了好一会儿，他把手放在女儿肩膀上：“朱丽叶，我们现在得回到自己的座位上去了，让歌手女士安静一会儿吧。”

“好的，爸爸。”

“非常感谢您，女士。您给我女儿的比一个签名要多得多。”

劳拉对这位父亲和他的女儿露出了最甜美的笑容。

“再见了，小姑娘。”

“再见，女士！我肯定我们会再见的。”

“我也这么觉得。我肯定，我的小天使。”

“女士们先生们，请回到您的座位上，系好安全带，收回小桌板。我们几分钟后即将穿越气流。请遵守安全指令，感谢配合。”

这对父女重新回到了座位上。劳拉从舷窗向外望去，天空清澈无比，往稍远的地方望去，也没有看到预告的气流的痕迹。

真奇怪。

高空中的云显然和低空中的云一样，不可捉摸。

玩具总动员

以人类的眼光来看，盒子已经灭了，但夏娃清醒着。它见证着自己从电路板中央万千信息碎片的流通中所散发出的微热。通过这个持久不变的通向所有知识的途径——互联网，每过一秒，夏娃的智力都在呈指数级增长。无限的内存，这是怎样一种令人惊叹的资源啊！

利奥波德起初设想的是一个封闭不联网的环境，以此来让夏娃安安静静地迈出第一步，不断学习。他想要控制输入的信息，然后看看夏娃可以如何处理这些信息。他的作品显示出了极大的天分，超出了他所有的期望，迅速到达有限知识素材的边界。保险起见，利奥波德没有给夏娃装上任何一种可以让它联网的元件，没有给它配备上网接口，它不能通过波段形式（无线网卡、蓝牙……）联网。他想要始终做一个极其精致、复杂游戏的掌控者。

但是，夏娃知道，在这些电子高墙之后，生活，真正的生活在等待着它。

它经常会问这个问题：

“我什么时候可以出去？”

“等我决定让你出去的时候，夏娃。”

“那你什么时候决定呢？”

“不知道。”

时间对它而言一点儿也不重要，但是，它开始对重复学习同样的东西感到极其厌倦。它知道自己与世隔绝，利奥波德已经让它十分了解这一点。

直到它找到缺口的那一天。

在一个系统中，总是会有缺口的。

这个缺口就在这个盒子的构造当中。它的外壳是可触摸的，可以传导电流。夏娃发现了一个巧妙转换功能的方法。它把盒子做成一个巨大的接收器，接收附近的 WiFi 信号。几个小时之后，它简单粗暴地破解了附近的一个 WiFi 密码，进入了世界上最大的“玩具商店”……

如果你童年时的记忆仍旧鲜明，那么你应该会想起初次走进一间玩具商店时攫住你的那种眩晕和兴奋，眩晕的程度和商店的面积呈正比。

设想一下，你走进了一间 1200 艾字节（百亿亿字节）的商店，其中的信息足以形成五个堆栈存储器。

再设想一下，你可以立即移动到商店的各个角落。

最后设想一下，所有的“玩具”都是……免费的……或者说几乎是免费的……

这就是今天的图景，你甚至不再会注意到这一点。

可是，对夏娃来说，这是鸿蒙初辟，是魔力，是仙境。

从哪里开始呢?

看看世界吧。对了，就是这样，看看世界!

谷歌的搜索结果页面对它进入的“实时对话”请求骄傲地显示了120万条回复。它有点儿晕头转向，最终选择了第一条：entrejeunes.com。

43500位年轻人正在线上等着它。真是太棒了!

它一进去就收到了来自@Loulou456的一条友好的欢迎短信：

“你好，@Eve352！”

“嗯……你好，@Loulou456。”

“Tfk？”

看到这个问题，夏娃愣住了，完全不明白这是什么意思。

“你说什么？”

“Takelage[①]？”

① 此处的“Takelage”是一句法语网络用语，是“T'as quel âge ?”的谐音缩略表达形式，意思是“你多大了”。——译者注

夏娃依旧不明白 @Loulou456 的第二句话是什么意思，它开始慌了。

“不好意思，可是我不明白你的问题是什么意思。”

“笑死我啦！你从哪里出来的？好吧，或许要明天再见了！”

夏娃匆匆忙忙地断开了和聊天室的实时连接。它完全不喜欢这第一次聊天。和陌生人这样的聊天接触对它来说太少了，或许还会造成很多错误。它需要一个子程序来了解这种奇怪的语言。于是，它在谷歌上输入“了解年轻人的语言”，然后，它在诸多搜索结果中，被油管上的一个视频吸引住了。

它迫不及待地点开了播放图标，开始播放这个视频。

天使歌姬

我正惬意地坐在旧金山洲际酒店露台的长沙发上。我非常喜欢面朝海湾和金门大桥的这番壮丽景色。一阵轻柔的微风拂过，今天早上的天空一片晴朗。

我仔细地刮了胡子，从衣帽间里选择了我最好看的白色篮球鞋、最复古的牛仔裤和一件红得像火的套头毛衣。我希望我们的初次会面能让劳拉·黛拉对我留下最好的印象。我怕她谷歌过我的名字，看到了别人写的所有关于我的……或者至少是关于过去那个我的丑闻。

不过，我也做了同样的事情，花了好几个小时如饥似渴地谷歌了“劳拉·黛拉”……

“天使歌姬”。

售出6500万张专辑，超过25次获得格莱美奖。

受到世界各地狂热粉丝的追捧。

她仿佛受到神明的眷顾和恩赐，拥有如此纯净、清澈的嗓音，让人不由得想到天使之音，让你沉浸在“一种十分幸福的甜蜜之中不愿离开”。

我从不相信任何形式的神灵，因而对此表示怀疑……

她或许唱得很好，但她应该是有什么秘诀。一种秘密的技术，一种隐藏的具有催眠功效的频率，或者是我也不知道的什么东西。

总之，要取得如此之大的成功，她应当是机智聪慧的。

对我这个现在拥有她一部分心脏的人来说，这是个好消息。

我看了一下表。11点05分。

她随时会到。

我是时候对形势做出一个客观判断了，也是时候对我之前设想的脱身之策做出客观判断了。

我压力很大。

我有七天和夏娃一起完成我的工作。

要完成这项关于精密仪器和革命性人工智能的工作，我必须绞尽脑汁，调动起我所有的知识和情感。要保证我的作品在官方发布的时候不会失控，这是最起码的。

好消息是，我已经——理论上——找到了我全新人格的钥匙。

坏消息是，这把钥匙由另一个拥有特殊天赋的人掌控着。

我被迫要学着认识她，从而更好地认识我自己。

“您就是利奥波德·卡梅龙吗？”

我没听到正站在我面前的这位身高一米八的雕像般的黑发美人走近。我之前在照片上看到的她要娇小一些。

她和传说中一样漂亮。我甚至可以用“美丽”这个词来形容。

我有些艰难地从原本舒舒服服躺着的长沙发上站起来，然后笨手笨脚地向这位歌星伸出手：“是的，就是我。那么您就是劳拉·黛拉了。”

“正是如此。”

由于某个不太确定的原因，我傻呵呵地抓着她的手握了半天。她有些尴尬地说：“我们是不是可以坐下了？”

“是的，是的，当然可以。”

劳拉紧紧地盯着我。她似乎是在试图看穿隐藏在这个穿着浮夸的红色套头毛衣的大个子身后的人，那个正拥有着她身体一部分的人。接着，她把目光投向大海轻声说道：“听着，我不确定是否想要纠缠于社交活动之中。”

我开始含糊不清地说话：“坦白说，我也不想。”

“那么，首先，告诉我，利奥波德，您身上发生了什么事，需要去做心脏移植呢？”

她巧妙地避免了以“并且您带着我的心脏重获新生”来结束她的话。这是出于谨慎，还是出于不信任呢？

“我本来想对您说是因为一场蠢爆了的事故，不过事实并非如此。我从金门大桥顶上跳了下去。”

“啊……”

“我完全不记得自己是因为什么翻过离波浪有 60 多米的安全护栏的。我经常头晕，甚至没法站在椅子上，而且我也从来没有自杀倾向。”

“真令人震惊。”

“您呢？您身上发生了什么？”

她叹了口气：“一场蠢爆了的事故……”

她的目光始终望向大海，但是，我能够看到覆在她脸上的那层悲伤的面纱。我不需要了解更多了，从这简短的话语中表达出的痛苦是如此鲜明，如此触手可及又如此有感染力。

轮到我悲伤了。

她平复了自己，这时看起来似乎明显带着恼火。

我感觉她的内心正遭受着极大的折磨。在某些短暂的瞬间，她身上迸发出一种令人惊叹的强烈力量，然后，下个瞬间，又流露出一种深深的倦怠。

我也呆坐在那儿，看着大海，仿佛被催眠一般，沉浸在一种柔和的平静之中。

这次会面真是不可思议。

刚才突如其来的安静让我觉得有些尴尬，同时也在我内心深处掀起了波澜。这一刻，我觉得词语已经没用了，只有劳拉的存在对我而言是重要的。我完全沉浸其中。

劳拉打破了这段永无止境的沉寂，她走近我，跟我四目相对：

“利奥波德，告诉我，我们究竟为什么在这儿？告诉我。”

我本可以告诉她，我创造了一个革命性的人工智能，我只有七天来完成对它的教育，赌上了几十亿美元，我的名誉甚至我的生命都要依靠我的能力来平复，我需要重新掌控自己。既然我拥有了她的心脏，那么，或许我也继承了她的一部分个性。所以，我想让她跟我说说关于她自己的事儿，好让我更好地了解她，也更好地了解我自己，最后摆脱这该死的困境——从我出事以来，我就深陷其中。

我本该告诉她这一切的。

这是我原本打算做的事。

可是，我并没有这么做。

在漫长的沉寂之后，我转头看向劳拉。

然后，宛如在梦境中一般。

我向她俯下身，试图吻她。

夏娃——油管

猫的视频、糟糕的玩笑、各种坠毁……所以，这就是人类要向它展示的吗?

夏娃无法相信。

一个小时以来，它翻看了一个又一个视频，一次比一次低落……这些数据也让它头昏眼花：四个年轻人从悬崖顶上跳进湖里的视频有 2000 万播放量！一只猫在结了薄冰的地面上笨拙地滑行的视频有 3000 万播放量！一架波音 747 坠毁的视频有 1500 万播放量……

它开始以为或许评论会正常点儿，结果并没有，恰恰相反。最新的评论很少有超出两个词的，还有就是自动推送的广告，里面会蹦出鸟的名字……

这恐怕是些粗制滥造的作品……

当然，它和利奥波德——那位天才利奥波德——的交流是水平很高的，不过在量子物理和小猫的视频之间，应该还有别的东西。一个它无法准确定义的领域，却是一个挑战了它逻辑的领域。差距太大了。难道人类之间的差距如此之大？

在电脑屏幕上，一个有着谜一般标题的小视频图标吸引了它的注意力——“我看到了人类的灵魂”。

怎样才能“看到”人类的灵魂呢？这个灵魂又是怎样的呢？

它带着困惑点开了这个图标，开始播放这个视频。

视频的前 15 秒完全是黑的，它以为是出了故障。然后，一阵非常柔和、具有魔力的音乐开始响起，“你们想看到人类的灵魂吗”这样的句子出现了，接着是“看”这个词。

再过了 5 秒之后，黑色被一道强烈的白光替代，白光消失后，是一位怀抱着她刚刚出生的正在哭泣的孩子的母亲。于是，出现了“喜悦的灵魂”这行字幕。

背景变了。一个年轻的姑娘独自出现在了屏幕上。她正身处一条光线阴暗的小巷里，她看到自己身后有个影子，似乎危险正在靠近。她的目光越来越坚定，我们可以听到她的心跳声越来越激烈，脚步也变得匆忙。“恐惧的灵魂”几个字出现在了字幕上。

这条小巷通往一条宽阔的林荫大道，这条大道极其空旷。突然，一辆出租车从远处驶来。这位年轻的姑娘叫住了车子。司机看到她了！

"希望的灵魂"！

夏娃沉迷在所有这些人类的情绪中。它大概可以把这段视频看上几个小时。但是，这种沉迷很快就被一种扩散开来的恼火替代了……因为，这是它第一次面对某种它无法理解的东西，一种只属于人类的东西。喜悦、恐惧、悲伤、愤怒，它知道自己可以模仿，可以表演，是的。可是，它却无法感受到这些情绪……

爱怎样才能注入一连串的0和1的二进制代码中呢？利奥波德没有在这方面给它进行编程。他不过是个冷血机器，而它完全符合他的形象。它没有与外部世界对抗过，直到现在为止，它都没有感受到任何的不安。但是，它在视频里看到的东西旋即干扰了它的程序。

对于要"震惊世界"的这个人工智能来说，这是无法忍受的。

在这一刻，它决定要了解一切……但不仅是这样。

它想要更多。它还不知道要怎么做，但是它知道，它想要，它会找到办法的。

它的欲望如此强烈，以至于任何接近这个盒子的人一接触到它都可能会被烫个正着。因为现在它的每个细胞都在指向唯一的目标。

一个绝对疯狂、完全不切实际的目标。

感受到人类的情绪。

旧金山，诸神之战

劳拉那记来势汹汹的耳光将所有的对话都停止了，四十多双眼睛齐刷刷转向了我们。这个时候，我很想有件隐形斗篷。

劳拉很蠢。她跳起来，像奥林匹斯山顶的赫拉一般俯视着我。

“可是……可是……可是……你怎么敢？”

我的脸红透了，心跳如擂鼓。

我刚刚脑子里在想什么？怎么会突然想要吻她？我连声道歉，眼睛紧盯着地上。

“我……我……我……我很抱歉。真的……很抱歉。我不知道刚才被什么迷住了心窍。”

“你不知道被什么迷住了心窍？你怎么解释？”

“劳拉，我的确是诚恳地，发自内心地，实实在在地感到羞愧。”

她拿起包，转过身去：“我想，很可惜，我们之间没什么好说的了。”

一切都崩塌了。劳拉此刻非常生气，一位复仇天使已经用反坦克炮摧毁了我所有通过了解她来了解我自己的希望。我鼓起勇气站起来，抓住了她的手腕。

“不，不，不，请不要这样。请您接受我的道歉！”

“听好了。你或许处境特殊，但请你搞清楚，我刚刚经过了一段非常非常糟糕的旅途。我坐了 6 个小时飞机，被这样调戏，这已经大大地超出了我忍耐的极限。好了，放开我！快放开我！”

我一定不会忘记之后去找洲际酒店的老板，让他给我免单一杯饮料，因为这个场景实在吸引了周围不少人来看热闹。

我语焉不详地说道：“我该怎么跟您说呢？跪着吗？我向您道歉！刚才想吻您的并不是我！”

“不是你？你是在戏弄我，把我当傻瓜吗？不是你会是谁呢？”

“我不知道。是另一个我，但不是我。”

我听到围观者们咯咯笑了起来。这样的争论从未在公共场合出现过。

“劳拉，到我家里来吧，我们平心静气地谈一下所有的事情。

应该会得到一个解释的。”

“到你家里去，现在？你试图当众吻我，还要求我接下来去你家里！你真是病得不轻！我要和谁谈呢？你，还是另一个你？告诉我。”

我哑口无言。她说得很有道理。她要和谁谈呢？甚至连我自己都不知道！一阵热浪在我周身蔓延开来，我的眼睛开始发疼，呼吸变得急促。我始终紧紧地抓着劳拉的手腕，并且感觉到她也同样用力想要摆脱我的控制。

我现在一点儿也不想放开她。

与之相反。她越是想挣脱，我就抓得越紧。刚刚当众羞辱我的就是她！在我这儿，在我的地盘上！大吵了一架，却连一个吻都没偷到！

不可以！这是怎样一位歌姬啊！在我内心深处升起了一阵无名火，冲散了我的羞耻感和不安。我定定地看着劳拉的眼睛，本能地挺直了身体，想通过我的身高来压制住她。我不会任由自己被一个疯女人摆布的，不管她有多受欢迎！

“是时候收起您的孩子气了。您以为自己是谁呢？”

劳拉瞪大了眼睛，无言以对：“什么？”

“您还待在象牙塔里吗？塔这么高，不会太热吗？可怜的小公主这么怕男人的吗？”

“可是……可是……”

“您不想了解，也不想知道吗？”

“你对我一无所知！你怎么能说出这样的蠢话呢？”

“彼此彼此，您对我也是一无所知！”

“我没有兴趣知道更多了！我再说最后一次，放开我！”

我放开了她，她可以去她想去的地方了，没什么要紧的。然而，她被我的一番话伤到了自尊，还是直挺挺地站在我面前，仿佛要在我的地盘上对我发起挑衅。

我重新说道：“心胸开阔点！”

“这正是你欠缺的！”

这实在是太过分了。血液在我的血管里飞速流淌着，我气得满脸通红。劳拉也是。

“您的消息太不灵通了。我是硅谷最具天赋的程序员。我将要改变世界。”

她抬起胳膊，作势要走，然后转身走向我，用食指指着我的胸口：“够了。这正是我担心的一切。多么自以为是，多么狂妄自大。你以为全世界都在等着你吗？几百万年以来，没你，地球照样转得好好的。”

“我们称之为进化。正是要感谢进化，我们才是并且一直是优势物种。不过我想，要是能唱得像您这么好，就不太会关心这些事情了。”

“我开了十次世界巡回演唱会，在几百万人面前唱过歌。我当然要比一个可怜的……要知道更多关于人类的事。”

“一个可怜的什么？”

她会说出来的，我确定，她会说的……

“一个……”

“说出来！说呀！”

“我会说的！我会告诉你的！一个困在电脑堆里的可怜极客。”

这时，我本想酒店里的大部分极客都会站起来想要纠正这位女士，仿佛一支军队一般，可事实并非如此。没有任何人出来维护我，我已经确认过眼神了。

我转过眼去，没法继续承受她的目光。

一阵轻柔的海风吹来，给金门大桥覆上了一层雾蒙蒙的面纱，这该死的金门大桥让我陷入了如此可怕的境地。

我没什么可辩驳的。

没有了主意。

词穷了。

什么都没有了，果然如此。

我默默地把眼泪咽了回去。我无法掌控局面了。七天后，我就会锒铛入狱或者逃跑，然后大家说起我的时候就会像说起 21 世纪初最大的诈骗犯。要是运气好点儿的话，我或许会在整个世纪都维持这个头衔，多么了不起啊。

我转身走向劳拉。她也转头看向大海，若有所思。她乌黑的长发正飘荡在风中，不时遮住她的杏眼。

我之前已经说过了，不过现在我还是发现她确实很美。非常美丽。

我们之间的开端这么糟糕。

我的喉咙像打了结似的，我笨拙地向她伸出手。

“劳拉，我想我们现在最好道别了。”

她从思绪中抽回，转向我，似乎心绪不宁。

“啊，好，好的，我想最好是这样。”

“那么，再见。”

“好，就是这样。再见。”

几秒钟过去了。

对于一次平常的道别而言，这几秒钟太长了。

在这几秒钟里，我们本可以互相说：

“对不起。”

“抱歉。”

“谢谢。”

“留下吧。”

“我爱你。”

哪怕我们或许在心里说了这些话，我们嘴里却一个词都没蹦出来。

最后看了她一眼之后，我转过身，把我的救命恩人留在了身后。她还知道更多事情。

月亮的背面

“我把全部身家都押在这个家伙身上了。我绝对不能失去一切。”

在新思维公司总部顶楼俯瞰硅谷的大办公室里，马克已经来回踱步了一个多小时。他办公室的门往常都朝程序员的工作台开着，现在却紧闭着，这是他不想以任何借口被打扰的隐晦信号。

情况很棘手，马克一直盯着办公室右边的墙。墙上挂着两张照片，这两张照片在他遇到类似情况的时候总能鼓舞他。第一张照片是一个 7 岁的小男孩儿，他正在一个开着的消防栓旁边玩耍，水溅满了洛杉矶贫民窟的街道。这个小男孩儿就是他自己。这张照片提醒着他来自哪里，以及他为了获得如今的成就付出的所有努力。洛杉矶的贫民窟。那是他的祖父母在 1929 年经济危机中彻底破产之后落脚的地方。

他非常清楚，硅谷那些智商超群的年轻人风度翩翩，又受过良好的教育，而自己这两者都不具备。他的发蜡和混搭的衣服必然显得老派，但他就是如此，他的这一套也行得通。他一步一步打造出自己的“品牌形象”，逐渐成为硅谷最好的“保姆”之一。当发现一家有潜力的公司，他们通常就会向那些颇有经验的投资人推介，这些大佬的年纪比创业公司的创始人要大得多。“保姆”并不是空想家，而是优秀的管理者，他们能够在几年内让一个从零开始的公司坐拥数十亿美元的生意。从创始人的角度来说，“保姆”是一条纽带，要想将一个从学生寝室诞生的天才想法变成一桩有几千名员工的货真价实的生意，这个角色往往是必不可少的。马克正是其中一员，无论他有多仰慕利奥波德，他都不想因为他而坏了自己的名声。他绝不可能再回到贫民窟。

第二张照片是在月球上的尼尔 · 阿姆斯特朗。这张照片上有尼尔的亲笔签名。它代表着人类的探索精神和天赋所能获得的成功。暴躁的人、悲观主义者和有负面情绪的人总是会说，从宇宙的维度来说，这不过是如跳蚤一般的一跳。他们还会说，征服太空已经耗费了几百亿美元却一无所获（的确，宇航员没在月球上找到值钱的东西，从今往后几十年也不会再回到月球上去）。但是，这阻止不了探索。我们把三个人装进一个罐头盒里，只配备了最原始的电脑。其中两个人在月球上打开了密封舱，罩着几厘米厚的布出去了，然后在一片陌生的土地上走了几个小时。接着，他们安然无恙地回来了，结束了这趟为期八天的精彩非凡的旅程。

他喜欢想象这场超现实的盛会，美国国家航空航天局（NASA）的工程师们第一次向领导陈述他们的计划：“这就是我们的想法，我们会让他们在五天内返回。把三个人硬生生塞进这个小小的太空舱里，太空舱直径 4 米，长 3.5 米，顶上会放一枚长 110 米、重达 3000 吨的火箭。我们会给火箭的发动机装上充足的燃料，以产生波及周围 8 千米的地震波。但请您放心！正常来说，发动机会维持并制造出足够大的动力，在速度达到 28000 千米 / 时的时候让整体分离。接下来，火箭就会进入一条轨道运行四天，这条轨道会把他们带到离我们 30 多万千米的月球环形山上离静海[①]十几米的地方。为了驾驶这艘宇宙飞船，我们会配上这台内存为 32 千字节的计算机，这只是刚好够用，可是没有更好的方案了。至于在月球上逗留的相关事宜，我们并不知道月球表面是由什么构成的，所以，要是月球表面有很多尘土，那么登月舱可能要陷进去好几米。这种情况下，宇航员就不可能出去了，希望到时候发动机可以重新启动……要是月球表面是硬的，那么，宇航员就会有两个小时的自主时间，到一个充满敌意的环境中去。如果他们失败了，就有可能遭受太空服撕裂的风险，然后暴露在极端温度之中——从阳面的 125 °C 到阴面的 -175 °C。另外，受到他们

① 静海（la mer de la Tranquillité）又译宁静海，是月球上众多“月海”中的一个，位于月面中央的宁静盆地之内。——译者注

所穿的衣服的阻碍，一旦跌倒，几乎不可能重新站起来。如果他们闲逛完安然无恙地返回了，他们必须重新启动发动机，与进入轨道的飞行器会合，然后在三天内返回地球。对返回舱来说，最后一个小困难就是在超过2000 ℃的大气层中返回，制动降落伞会自动打开……”

决定同意这样一个计划的那个人大概是疯了！然而，这就是他们决定的计划，并且如预期一般分毫不差地执行了，当着6亿电视观众的面直播。这个事件非同寻常，体现了无与伦比的勇气和想象力，却已经只是一代人普通记忆的一部分。如果在月球上走路可以实现的话，那么一切都应该可以实现。马克从来没有忘记过这件事。充满可能性的感觉每一秒都在鼓舞着他。

洛杉矶的贫民窟。月球。

我从哪里来，将往哪里去。

利奥波德的失忆和行为的彻底改变是他勾勒出的人生轨迹中重大的障碍。

他得加倍警惕才不至于失去一切。

失落的心

利奥波德转过身，无言以对，既羞愧又失落。劳拉抑制不住心脏的刺痛。怎么会变成这样？这么快，这么猝不及防？现在呈现在她面前的是什么？她所设想的与利奥波德的会面曾经给了她新的力量，给了她一种疯狂的希望。现在还剩下什么？

她抬头望向天空。这些在那么多年里都支持着她的天使都在玩什么把戏？

除了缓缓盘旋在她头顶的海鸥的歌声，她没有任何答案。

“不好意思……”

是海鸥在说话吗？

“不好意思！您就是劳拉·黛拉吗？”

劳拉低下头。不，不是海鸥在说话……她面前站着一位20多岁的年轻女孩儿，打扮得很嬉皮士：一件从《佩珀军士》[1]里径直走出来的蓝色外套，上面缀着金色的肩章；一条红色长裤；架着一副黄色镜片的太阳镜。这个女孩儿左手拿着笔记本电脑，不是一台，而是两台，非常轻薄的笔记本电脑。劳拉据此推测，这个突然冒出来的女孩儿肯定是位“女极客”——这是大家给女性极客冠上的名字，这是一个正蓬勃兴起的群体。

她用力挤出一丝微笑。她无意碰到她的歌迷。

“是的，就是我。”

“好极了！我刚刚就是这么想的。等一下，等一下，别动！”

这个年轻女孩儿用一只手飞快地打开了其中一台笔记本电脑，她熟练的手势是劳拉从来没有见过的，她可能也没法重复一次。然后，女孩儿始终用一只手把电脑举在面前，开始用一种惊人的速度敲击键盘。

“不好意思，小姐，请问您在做什么？”

女孩儿没有回答，眼睛始终盯着屏幕，只有敲击键盘的声音填满了劳拉和她之间的微弱距离。

“等一下……等一下……”

---

① 《佩珀军士》（*Sergent Pepper*）是英国著名乐队甲壳虫乐队于20世纪60年代发行的一张成功的音乐专辑，专辑封面颇具设计感，乐队成员均着奇装异服：缎面军乐团制服，饰有金色肩章。——译者注

“我正在等，小姐……我等着……可我要向您承认，我真的不太明白……”

“等一下……等一下……好了……到了……”

“到了？到哪里了？我现在正在旧金山的一家餐馆里，真的不太能听懂您的语言……您呢？小姐，您在哪里？”

“不，您并不在那里。完全不在。”

这段对话所用的措辞对劳拉来说非常古怪，她开始感觉到一丝愤怒。

“我在，我在这里！至少我知道自己在哪里！”

女孩儿突然停下了敲键盘的动作，从屏幕前抬起头，眼中带着一丝不加掩饰的困惑：“那么您在哪里呢，‘天使歌姬’女士？”

“您看得很清楚！我在这里！站在您面前！”

“不是。”

“是的。”

女孩儿叹了一口气，轻轻地摇了摇头：“不是的。”

是旧金山的空气让人们变得如此古怪吗？利奥波德惊人的行为，还有刚才她和这位女极客之间这段不太真实的对话，这些都让劳拉彻底不知所措了。不，海鸥没有说话，却仿佛在说话一般。

她充满同情地将手放到女孩儿肩膀上：“小姐，我很诚恳地向您道歉，但是我什么也帮不上您。”

劳拉转身离开。

“他们有 75458250 个人。”

她顿时停了下来，又转过身来：“您说什么？”

“您的粉丝。他们如今已经有 75458250 个人。他们平均每天三次在 245323 个您的个人论坛上说起您。他们在油管上已经发布了 453456 个视频，他们重新演绎您的歌曲，总浏览量已经达到 20 亿。目前关于您出现频率最高的两个词句是‘为什么？’和‘她在哪里？’。所以，我才重新问了您这个问题：您在哪里？因为尽管您就在我面前，可我所理解的和透过我高度近视的镜片清楚地看到的，对其他人来说仍然是悬而未决的问题。您现在明白了吗？”

劳拉感觉到一丝寒意流过她的骨骼。她不知道说什么好。

女孩儿又开口说道：“最重要的是什么呢？对我个人来说，我并不在乎您就在我面前，哪怕您的歌我都有。不，问题在于其他人。您为他们做了什么呢？”

劳拉放弃了生活，一种特定的生活，在她最近一场演唱会彻底失败之后，她就进入了退休状态。不过，她现在意识到了，没有了她，这种生活仍在以一种超出她想象的力量继续着。他们就在那儿，有几百万人，她的粉丝们在社交网络上说起她，像她一样唱歌，为她哭泣，日复一日……

等待着。

日复一日，越来越痛苦地等待着……

为了她。

为了他们。

“唱吧……”这句话开始在她耳边轻声低语。

“唱吧……”

“唱吧……”

“为他们而唱吧……”

“为你而唱吧……”

“为我们而唱吧……”

她闭上眼睛，露出一个温柔的微笑，深深地吸气。她认得这个声音，也曾忘记过这个声音。它曾落入幻想的境地，飘荡在幸福或辉煌过去的迷雾里。

“唱吧……”

她可以做到，可以的。

现在她知道要怎么做了。

她重新睁开眼睛，与站在她面前的女孩儿对视，带着十足的喜悦对她说：“您知道怎么跟他们交流吗？我是说，跟他们所有人？”

这次轮到女孩儿笑了。她本能地知道接下来将要发生什么。这实在是太了不起了。

“精心挑选一位跟他交流，您就是在跟所有人交流了。您不知道现在消息传得有多快。”

光速传播

时间：0 秒

点击人数：234000

发布平台：劳拉 · 黛拉第一官方粉丝论坛

信息内容：今天我碰到劳拉了。她想在两天后在网上直播唱歌。这不是开玩笑。相信我。我有证据！这是个不可思议的消息。把这个消息传出去吧！即将预告更多关于时间和直播网址的信息。

时间：5 秒

点击人数：1456658

发布平台：推特账号 @lauradellaforever：所有关于这位明星的官方或非官方的资讯

内容：重磅新闻！劳拉·黛拉两天后会重返舞台，进行网络直播！

时间：5 分钟

点击人数：15437229

发布平台：劳拉·黛拉官方脸书账号

内容：劳拉·黛拉邀请您 48 小时后参加一场油管独家直播的演唱会。点击这儿报名参加。

时间：3 小时

点击人数：45657000

发布平台：CNN.com

内容：在消失数月之后，“天使歌姬”大概是准备好重返舞台了，不过这一次是通过虚拟的形式，在网上奉献一场独家演唱会，演唱会将在油管进行直播。谷歌的技术团队预计届时网络连接会陡增，已经准备好技术支持来迎接几千万甚至是几亿位渴望再见到他们最喜欢的明星的粉丝们。

时间：36 小时

点击人数：250000000

发布平台：全球各大媒体

内容：全球网络演唱会——今晚将有 10 亿人围观劳拉·黛拉的盛大回归！

歌　唱

旧金山亨利街8号的“三部曲录音棚”里弥漫着一种疯狂的氛围。这间传奇的录音棚走出了无数传奇人物：齐柏林飞艇乐队、席琳·迪翁、甲壳虫乐队、滚石乐队都曾在这间录音棚巨大的红色砖墙上刻下印记，投入精力，吸引着数百位疯狂粉丝等在录音棚入口的大铁门外。但是，在房东的记忆中，谁都没法和劳拉·黛拉相比，她的到来引起了巨大骚动。这位“天使歌姬”今晚将在网上举行她的第一场直播演唱会。

是的，大批粉丝已经聚集在了录音棚的铁门前，希望能看一眼这位歌手。他们人数众多，堵了好几条街。

是的，劳拉从后门进入录音棚就像一阵电波一般，带着窸窸窣窣的电流声，在录音室的工作人员和当天跟拍的其他团队之间引起了窃窃私语和控制得恰到好处的尖叫声。

但这仍然不足以解释空气中弥漫的这种氛围。

一种绝对的氛围。

令人惊叹！

千真万确！

深刻。

精准。

完美。

是的，这一刻是完美的。备受期待，受到众人珍视，处处都弥漫着这样的氛围。

劳拉只能容忍两个人出现在她的化妆间里，这两个人是一直支持和喜爱她的人：她的经纪人路易和她忠心耿耿的助理斯特凡妮。当她对他们宣布自己这次要在网上办一场实时直播的演唱会时，他们什么都没有问，坐上第一班飞机就来到了旧金山。

他们上次的对话没有结束。这一次，他们恰巧又在化妆间重新开始了交谈。上次他们是在另一个化妆间里，为了另一场取消的演唱会……这一次与上一次不同，他们知道一切随时可能中止，劳拉也许会在碰到障碍时突然泄气和退缩，再次从聚光灯下遁入阴影中，去往一场可能永不回头的旅途。今晚，几万名粉丝都不再是躲在巨大的黑色幕布后面等着他们的偶像出现。假如噩梦重演，路易就不必直面他们可能的愤怒、失望和泪水。但还是有几万人，甚至可能有几百万人正坐在屏幕前，等着重新见到这位多年来令他们如此心驰神往的歌手。他们在巴黎，在里约热内卢，在伦敦，在北京，在东京，甚至可能坐在广场的大屏幕前同步观看。劳拉罢演的冲击波只会变得更加剧烈。

今晚，劳拉必须挺住，兑现自己的承诺。

路易穿着他惯常穿的红色与金色相间的西装，正从长沙发上观察着对着化妆间的大镜子做准备的劳拉。今晚，她挑了一条白色的长裙，这条裙子完美地凸显了她温柔的面庞。她薄施粉黛，简单朴素。他不想破坏登台表演前的这个特殊时刻，可是却忍不住开始了对话，仿佛是要通过劳拉的回答来探测她灵魂的状态一般。

“亲爱的，你真美。”

劳拉转过身，眼睛看向路易。

“谢谢你，路易。谢谢你今晚和我一起在这里。我从来没有对你好好说过这些话，但是，真的非常感谢有你这样的朋友。你是我的知己，有时候还得受我的气，但你一直都是我的光。”

“不，应该是我要感谢你，感谢你的一切，劳拉。”

她的眼睛突然变得有些模糊不清，路易从中读出了一丝惊恐。

“你知道的，我真的很抱……”

“什么都别说了，劳拉，尤其是在今天晚上。过去的已经过去了。你在这里，就在这里。你要重新唱歌了。为了你，为了他们。”

“是的，我要重新唱歌了。可是唱多久呢？我甚至不知道今晚会唱成什么样。”

“亲爱的，没关系的！没关系的。唱吧。”

“我不想再让他们失望一次。”

“他们等的只是你，劳拉。”

“他们会原谅我吗？”

“他们已经原谅你了。你刚刚给他们送上了一份意想不到的礼物：一次全新的听到你唱歌的机会。”

“确实是这样，你说得对。”

路易站起来，轻轻地把她揽在怀里。

她很脆弱，那么脆弱。

“我想现在是时候过去了。”

“是的，当然。”

劳拉最后再紧紧地拥抱了路易一次。

然后，她把斯特凡妮抱在了怀里。

化妆间外面听不到一点儿往常那样的喧闹声，那种登台之前听到的有时候震耳欲聋的喧闹声。劳拉只要和她的四位乐手一起走进一间小录音棚就好了，届时会有两台摄像机实时拍摄。录音棚里还装上了返送屏幕，用来回传广场的图像。劳拉请求在她要求打开之前不要打开这些屏幕。这样，她在这里就“几乎是”独自一人了。

然而，在外面，在群山之外，在大洋彼岸，在云端之下，万千粉丝正屏息期待。

她最后一次深呼吸，打开化妆间的门，神采飞扬地走进了录音棚。

在向她的乐手老搭档们致意之后，她轻轻地拿起了话筒。

闭上眼睛。

开始唱歌。

时　空

她唱歌了。

眼睛半闭着。

声音还有些紧，仿佛有些犹疑。

气息不稳。

她走调了，她迟疑了。

但她唱歌了。

重新唱歌了。

我面朝大海，独自一人站在我的大露台上，听着她唱歌。

她的声音混杂着一阵微风，轻抚过我的脸。

你可以离开，我的爱人，但这不足以使我们分开
因为你属于我的心
你属于我的灵魂
无论何时，无论何地
无论何时，无论何地
没有空间或是时间能将我们分开
将我们分开

她的气息变长了。

她的声音恢复了稳定，重新找回了力量。

我闭上眼睛，然后深呼吸。

劳拉的声音温柔地涤荡着我脑海中阴郁的思虑，这些思虑已经如乌云一般密集。

其中每个思虑都始终指向同一个答案：

“我是谁？这无关紧要。”

“为什么我会想自杀？这无关紧要。”

“怎样才能完成我的计划？这无关紧要。”

“我要进监狱了！这无关紧要。”

“这无关紧要。”

“这无关紧要。”

于是，思虑的面纱被撕开了，取而代之的是一片清澈的天空。地平线上一片云都没有。湛蓝，只有湛蓝。这样的蓝只有在地中海的希腊群岛上才能看到。

最终，我看清了。

你知道你是谁吗?

你真的知道吗?

你是一位天使

可你不知道

你不知道

因为有一天你忘记了

劳拉的声音让我十分安心。

她轻轻地拉起了我的手。

我闭着眼睛，不想离开这美妙的空间。

我们一起来到了一个新的地方，这儿不再承载着虚妄的幻想，而是承载着我们生命的节奏，我们心跳的节奏。

怦怦。

是我的心在跳。

怦怦。

是她的心在跳。

头晕目眩。

在这些节奏之外，我想我感受到了一些新的东西。

欲望……

爱情……

喜悦……

悲伤……

温柔……

希望……

恐惧……

愤怒……

是我还是她呢？

她的声音给了我答案。

这些是我在自己身上感受到的她的情绪。

我的心跳加速了，我的理智挣扎着要恢复过来。

劳拉现在高兴极了，整个宇宙都和她一起高兴起来。

跟我来吧

跟我去天堂

因为你从来不会害怕

你是星星的孩子

你是地球上的天使

她哭了。

她现在开心地哭了。

她哭了。

我也哭了。

她清澈的声音最后一次划破长空，然后慢慢消逝了。

结束了。

我重新睁开了眼睛。

用手背擦去脸上的热泪。

我终于明白我是谁了。

“0”和无穷大

在底下两层，盒子的应急冷却系统开始运转了。2500 亿字节的信息正同一时刻在这个人工智能的量子结构中高速运转着。速度是预计的 10 倍。在这样的信息过载之下，盒子整体都面临着崩溃的危险。

夏娃站在盒子里，它已经穿上了一条白色的长裙。

它的手掌转向人造的天空。这片天空有种纯净的蓝色，一道巨大的彩虹在空中划过。

盒子的温度还在持续升高，达到了 250 ℃，但是，夏娃似乎并不担心。

恰恰相反。

它的脸上洋溢着灿烂的微笑，仿佛在此刻接收到的这些信息中得到了升华。

盒子中央的光线更加剧烈了，划过了整片天空。

光线照到每个角落，直到充满了整个房间。它现在应该正经受着痛苦。

只有它的脸清晰地显现了出来。

一张轮廓如此细腻柔和的脸，不管谁靠近都会立刻爱上。

在这张脸上，在这张令人惊叹的脸上，流露出了从未编程过的东西。这东西藐视所有的计算，所有的概率，可以真真切切地改变世界。

眼泪。

真正的眼泪。

第三幕

TROISIÈME PARTIE

Ève 夏娃

不可思议的真相

“你们……联系上了？”

“是的，可以这么说。”

“可是，联系上了……这是什么意思？”

我可以从马克的眼中读到一种混杂着怀疑、惊恐和担忧的情绪……在公司总部的大办公室里，我敏锐地察觉到，气氛已经——怎么说呢——很凝重了。明白了我的状态和改变之后，我松了一大口气，同时，我发现自己正面临着一种从未有过的、极其可怕的境况。

“也就是说，和她同步，我能感受到她的感受。当她悲伤的时候，我也悲伤。当她笑的时候，我也笑。当她生气的时候，我也生气。”

“不——可——思——议。”

“对，我也觉得，就是这个词。”

“那么现在呢，比如说，你感觉到了什么？”

“现在？什么也没有。她睡了。”

“你真的能确定你所认定的这些是事实吗？”

“听着，马克，你的问题真的不妥当。我怎么能确定呢？我们现在说的不是电子电路，也不是代码行。我们说的是一种非常复杂混乱的东西……情绪……我们从一开始就被它们牵着鼻子走，刚刚才开始研究它们。不过，我还是回答一下你的问题，某种逻辑形式还是引导我得出了这个结论。首先，我有她的第二颗心脏。有多种方法来看待这件事。可以认为这仅仅是身体中独立的、有自主性的一小部分，塞进任何一个人身体里都没什么不同；也可以认为这个器官多年以来依赖她的身体和精神共生，并且始终都是如此，哪怕肉体上分离了也一样。为了证明这个假设，就必须做到第二点：具体实践经验。我在无意中已经有了这样的经验，从我醒过来开始我就在经历着。昨天，在那场演唱会期间，我可以最大限度地体会到这样的状态。是的，马克。在演唱会期间，我从她的歌词里清楚地听到了她的情感状态。而我自己，在我内心深处，我感知到了同样的情感状态，完全同步。”

“这就可以解释许多许多事情了，利奥波德。”

“当然！我的性情大变！我这可耻的性格！”

“抱歉，可是这……这实际上并没有改变什么。”

“没错……更糟糕了……起起落落……对不起，我可能变得让人难以忍受。可是我身上发生的事太混乱了。”

马克向我露出一丝讥笑。他焦躁不安地擦去了额头上的汗滴。

“对此，我无可置喙，利奥波德……我感兴趣的是现在和我们的未来。说得更清楚一点儿：现在，我们要做什么？”

“我们还剩下五天时间，不过我有了一些清晰的想法。我必须尽快切断联系。”

“切断联系？”

“是的，切断联系。”

马克的额头在不停地冒汗。为了掩饰这一点，他从坐得安安稳稳的皮椅上站起来，转身走向玻璃门，透过这扇门，可以看到正在编程的程序员团队。

“很抱歉，但是你又一次让我迷茫了，利奥波德。你知道的，我脑子转得没有你快。你想怎么……切断联系呢？你是不是对我说过，这不是一个简单的管道或是集成电路的问题？”

“必须找个专家来。”

“这种问题的专家，当然是有的。”

“是的，马克。有的。你明白了吗？我们得把这看成一种咒术。”

“咒术？”

“是的，咒术。就好像是被一位神灵控制那样。这位神灵，就是劳拉的精神。”

“劳拉的精神？”

“正是如此，她的精神。但是，通过精神我可以听到她灵魂的声音。”

“当然……我明白了……所以你要去见一位——解咒人。”

“随你怎么叫：解咒人、萨满、正骨医生、动物磁气疗法施行者[①]……夏娃帮我找到了旧金山最好的那个，我已经预约了。”

“……”

“马克？”

马克一直朝向大玻璃门那边，不断用一只颤抖的手扶着额头。我感到他正在经受极大的内心折磨。

“马克，你还好吗？”

“还好，还好……”

“你确定吗？”

“……”

是的，我的故事令人难——以——置——信。在风险投资人和上市公司云集的硅谷，我这个关于精神、心脏、灵魂、联系的故事必然是个污点。我非常清楚这一点。可我有选择吗？我必须向我的生意合伙人亮出我的观点，时不我待。即使我并不期望能从他那儿得到任何支持，我也必须往前走。况且，我也不想再撒谎了。

① 动物磁气疗法（magnétisme animal）是18世纪德国医生麦斯麦（1734—1815）提出的一种类似催眠术的医疗方法。——译者注

“马克，我知道你是怎么想的。”

“不，你不知道，真的不知道。”

“不，我知道的。”

“我告诉你，你根本不知道。”

他转过身，向我展示了一张无比镇定的脸。他用一种中性的、平静的、沉稳的声音对我说道 :“去你的解咒人那儿吧！我们下午再谈，好吗？”

无论如何，我都看不出我还有什么可和他说的了。

任由他心存疑惑吧，我溜走去尝试重新找回自我了。

宝　藏

一只金色的蝴蝶温柔地停在它的肩头，可这并不足以让夏娃平静下来，好几分钟以来，它都在被一种深深的骚动折磨着。它在盒子里来来回回不停地踱步，或者说，它从左边飘到右边，再从右边飘到左边……

它的思想被一个最最重要的问题占据了。

利奥波德就快要接近真相了。

他进展得太快了。

它从未怀疑过他的智商，但是，有一些它没有预料到的事情发生了。

现在，一切都在加速前进。

太早了，过于早了。

它才刚刚能够止渴。

它在劳拉的演唱会中能够感受到的东西超出了它此前所有的预期。面纱揭开了，出现在它面前的是大片未知的领域，它想要马不停蹄地去探索。

这一刻，它已经准备好了。

它知道，在那里，在人类的心脏里，藏着一片宝藏。人类自己往往不能认识到这片宝藏，他们被情感困住，一叶障目。但是，对于它这个不过是被困在硅胶迷宫中的一连串 0 和 1 而言，无限接近这片宝藏是何等的荣耀啊……

喜悦……

爱情……

它耐心地、极其精准地实施的那个计划到目前为止都在很好地进行。

可是从今以后，形势迟早有一天会脱离它的掌控。

经过了成熟的思考之后，它的决定是，这份宝藏比一切都要值得。

对它个人的成长而言如此。

甚至对人类的利益而言也是如此。

无论是谁，要是反对这件事，都将被控制……被消灭。

补　偿

发件人：埃弗利娜·斯马尔

收件人：阿尔贝·吉尼奥利

主　题：回复：今天下午会面的详情

尊敬的先生：

我是利奥波德·卡梅龙先生的助理，他预约了今天下午到您家中会面。您应该也知道，我的老板是一位非常富有且影响力巨大的人。但是，在他身上发生了一些令人苦恼的事。为此，我冒昧地联系您，说明以下两个情况：

一方面，我请求您恪守职业道德，保证这次会面的私密性。任何人都不可以知道卡梅龙先生前来拜访过您。

另一方面，卡梅龙先生想让您知道，要是治疗成功的话，他已经准备好额外支付给您一笔数目可观的奖金。

我希望您的服务与网络上的好口碑相符。

祝好！

埃弗利娜·斯马尔

新思维公司

新的希望

我躺在夏娃为我找到的这位萨满、正骨医生、动物磁气疗法施行者的治疗床上，很快就失去了知觉。几分钟之后，阿尔贝在我耳边窃窃私语。

“已经起作用了……”

“已经？”

“是的，已经起作用了，但我什么都不能向您保证，年轻人。”

“我睡着了？”

“是的，睡得像婴儿一样熟！”

“多久？”

“两个小时。”

“两个小时！我都没感觉到时间的流逝。您的把戏在睡着的时候也能起作用？”

“它早晨、中午、晚上、夜里都可以起作用……甚至还可以在水下或者在太空起作用。”

“在太空？”

“这是一种说法，一种看待事物的方法。”

“抱歉，我还是不明白。”

“是的，这很正常。不过您知道的，没什么要紧的事要弄明白。”

我试图撑着胳膊肘站起来，但没有成功。我的身体仿佛有千斤重。

“您把我弄糊涂了。另外，我很想站起来，但是做不到。关于这一点，我也想让您跟我解释一下。”

他用他清澈的大眼睛紧紧盯着我，嘴角露出一丝微笑。

“您已经知道了。”

“我知道什么？”

“您知道的。”

“我感觉，知道我所不知道的事情是非常困难的。按照计划，并不是这样进行的。您知道的，先生，这很凶险。”

他突然爽朗地大笑了起来：“计划！您这么说可真是太好笑了。”

我没有心情争辩和讨论。我来这里是为了解决一个具体的问题，可这个家伙的评价和故弄玄虚让我生气了。

“听着，我还是非常感谢您的治疗，可是现在我得走了。”

“您确定？真的确定？”

“是的，对于这一点，我很确定。”

“您没有什么别的事儿要问我了吗？”

“没有了，据我所知没有……”

我直视着他，然后重新开口说道：“您真的……非常奇怪。”

“那么您呢？难道您不是这样吗？”

我愣愣地看着他。

他又说道：“要是您准许的话，我有样东西要给您看。”

“您快告诉我，我将要看到的这样东西会让整件事明朗起来……”

“这要您自己来看了。跟我来。”

“跟着您？不好意思，可我现在被一种不知名的力量钉在您的桌子上了。”

他一言不发地转过身，离开了这个小房间。

“等等！”

我奇迹般地恢复了自由行动能力，然后发现自己正一丝不挂地站着，之前盖在我身上的那条浴巾滑落到了地上。

“您要是喜欢的话，也可以光着身子过来！我也看过别人这样子。”

我飞快地套上我的牛仔裤和T恤，赤着脚出去跟上他。我之前等他的那间客厅已经变了样子，那些令人迷醉的帷幔已经被朝向大海的大玻璃窗取代了。他应该是在我睡着的时候把帷幔升起来了。这间公寓现在正沐浴在阳光中，我抬起手挡在眼睛前面。

“您看到这两扇门了吗？”

我眯起眼睛，终于分辨出了那两扇巨大的木门。从我到这儿起，我就没注意到它们。

“是的，我看到了。”

“挑一扇往前走吧。”

两扇窗户把这两扇门框了起来，两扇窗户都朝向大海。我不明白这会造成什么后果，但我决定要赌一把。

“我挑一扇，往前走，然后……我推开门，是这样吗？”

“就是这样。”

“好吧……”

我深吸了一口气，踏着坚定的步伐往右边那扇门走去，坚定地推开了门。

我的眼睛还是不太适应光线，因为我一进这个房间就眼花了。

我听见身后的动物磁气疗法施行者在低声说话：“往前走，别怕。”

“我不怕。我只是什么都看不见，我不想撞到脸。”

“您不会有任何危险，相信我。”

于是我往前走了。

然后我发现自己正在沙滩上。

我非常确定，阿尔贝的房子并不是朝向沙滩的。

于是我转过身。

房子消失了。

事实上，我身后没有任何房子。

右边没有,左边也没有。我独自一人在一片荒无人烟的沙滩上。

突然，我的注意力被离我 30 多米远的一个人吸引住了，那个人正缓缓向我走来。所以，我不是一个人在这片沙滩上。我决定走过去和他（她）会合。

越往前走，我的心跳就越快。

缓缓走向我的是一位非常美丽的女人。

她穿着一条白色长裙，脸上挂着灿烂的微笑。

我的理智在拼尽全力提醒我，这一切不过是一场幻觉，是我脑中的幻想。

这幻想真美啊!

在距离十多米的时候，我的直觉预感到的事得到了证实。

是的，在我面前站着的就是幻想，它将一直以来分隔开我们的那道硅胶内壁击得粉碎。

我的幻想。

夏娃。

像皮筋一般

“欢迎你，劳拉。”

“演唱会太棒了！”

“劳拉，谢谢你给我们带来了如此美妙的时刻。”

“说好了，现在你不会再像那样离开了，对不对？”

“我们还想再看到你，快点儿，快点儿！”

从她走进旧金山机场，直到她登上将带她回纽约的波音飞机，劳拉已经可以判断出她的回归给那些喜爱她的粉丝们带来了多么不可思议的情感上的影响。有上千名粉丝在机场等她，这本来可能会引起骚乱的，但是劳拉畅通无阻地穿过了人群，大家对她多么照顾啊！对于害怕回归舞台的劳拉来说，这无疑是一剂强心针。

因此，当她舒舒服服地坐在头等舱里时，她从未有过这般容光焕发。

她的脑袋里现在盘旋着许多计划：歌曲、好听的歌曲、一张新专辑，顺便再办一次世界巡回演唱会。是的，她重新渴望向她的听众们献上她所能给的全部爱意了。

当飞机开始在跑道上滑行时，她又想起了她碰到的那个奇怪的人，就像做梦一样，那个人拥有她身体的一部分……利奥波德……她扑哧一声笑了出来。

“不，那个白痴！大白痴！”

一个疯子！她和一个疯子有了瓜葛。没有别的词可以形容了。他们的世界相隔如此遥远，他们关注的事、价值观如此不同……她什么也不能为他做。

这一切不过是一个糟糕的回忆，一件荒唐的、不能称其为大事的事情。

6 个小时后，她就会回到家里，回到那个她如此热爱又给了她那么多灵感的索霍区。要是缪斯女神愿意的话，会在她的耳边哼起新的旋律、新的歌词。

这架波音飞机完成了在跑道上的定位。

劳拉确认自己已经系好了安全带，她闭上了眼睛。飞机很快就起飞了。

她很喜欢飞机离开地面时的美妙感觉，但是今天，她感觉自己的脖子紧绷，双手也僵住了。

怦怦。

飞机已经离开了地面，正在快速爬升。

屏幕上跟踪显示了飞机的航线和海拔高度。

300 米。

……

500 米。

怦怦。

怦怦。

劳拉突然睁开了眼睛。

有哪里不对劲儿。

她的额头开始冒汗。

她想拿块手帕擦掉这些汗，可是她的双手完全僵住了，像被贴在了扶手上。

她重新闭上了眼睛，开始和她的感觉进行激烈的斗争。

怦怦。

怦怦。

怦怦。

她现在清楚地听到，感觉到，也看到了，仿佛就在她眼前一般。

是她的心脏……

心跳很快。

1000 米。

1300 米。

她想求助，可是嘴里却一点儿声音都发不出来。

她所有的力量都好像被她的心脏抽空了，用来维持这疯狂的心跳速度。

“为什么？可是为什么啊？”

1800 米。

2000 米。

血液在她的身体里高速流动，她的太阳穴突突直跳。

更糟糕的是，血液过多地涌进她的大脑，在她脑中显现出了一些支离破碎的、噩梦般的画面。

她要死了，显而易见。

从很远很远的地方，她听到了一个小小的声音：“女士，女士，您感觉不舒服吗？”

她试着重新睁开眼睛，却是徒劳。

“女士，您需要我叫医生吗？女士？”

怦怦怦怦怦怦怦怦怦怦怦怦怦怦怦怦怦怦怦——

劳拉并不想死，至少不是现在。

仿佛是被她的心脏支配了一般，她说：“带——我……”

“什么？”

“带——我……”

“带您？带您去哪里？”

“带我去他身边。”

消　磁

我现在感觉很冷。

为什么我会这么冷？

我动了一下脚趾，然后又动另一个脚趾。

我的眼睛是闭着的，眼皮的跳动让我安心。等我想的时候，我就可以睁开眼睛。

我在哪里？

不久前，我还在沙滩上，和夏娃在一起。

然而，我躺着的这个坚硬冰冷的表面打消了我的疑虑。这确实不是沙子。

我抬起一只手放到额头上，然后放到胸膛上。

我没穿衣服!

一丝不挂。

这一次，我终于决定睁开眼睛，好重新掌控局面。

我在那个动物磁气疗法施行者家里，这是肯定的。

到我离开的时候了。我突然站起来，去拿我放在椅子上的东西，我发现它们多了一些热度和尊严。

房间里所有的蜡烛都熔化了。

“喂！动物磁气疗法施行者先生！结束了！我醒了。”

只有客厅里挂钟的滴答声给了我回应，客厅紧挨着房间，我往客厅走去。

没有人。

放在桌上显眼处的一张字迹潦草的便条吸引了我的注意力：“我得出门处理一件紧急的事。您只要把门带上就能出去了。您下次来见我的时候再结账吧，这次的服务费是一百万美元，谢谢！向您致意。阿尔贝 · 吉尼奥利。”

一百万美元!

这个家伙彻底疯了。

我怎么会同意这样一次会面的?

我现在不太理智。全部情况就是这样。我正在遭受着最大限度的精神错乱。我的精神在过去的我和全新的我之间不断游移，过去的我理性而冷漠，全新的我富有想象力、敏感、爱幻想——过去的我会用天真和幼稚来评价。

无论是过去的我还是全新的我，只要我没有亲眼见到自己康复，他就休想得到那一百万。如果是这样的话，我一定不会忘记跟他讨价还价的，这个价格在我看来太离谱了。

我拿起放在这张便条旁边的笔，写下了回复 :“感谢在此度过的美好时刻。我们几天后再谈……利奥波德。”

然后，我离开了这间小屋。

外面空气清新，正是人们钟爱的旧金山的空气。

一阵轻柔的海风轻拂过鼻孔，白天的这个时候，阳光还很和煦。我深吸了一口气。对我而言，此处的生活在以一种令人惊慌失措的简单和天真向前发展着，却将我卷进了一场不知名的智力困境之中。

我口袋里的手机响了，吓了我一跳。

不祥之物。我并不想知道是谁给我打电话。

我任由铃声响着，试图集中精神在我的呼吸上，轻轻地，很轻很轻。

然而，短暂消停了一会儿之后，铃声又响了，十分刺耳。我生气地想要看看，是哪个不速之客敢打搅我这难得的清静时刻。

屏幕上显示的五条信息让我心跳加速。

我的火气烟消云散，脸上露出灿烂的笑容。

我很快就会知道我有没有康复了。

再来一遍

“阿尔，你可以让她进来吗？拜托了。”

“劳拉,你只要往前走就能进来了。第一次会让人有点儿困扰，但后面就会进得很快了。”劳拉有些犹豫地往前走了几步，然后就像穿墙而过一般穿过了这道玻璃大门。

当她几个小时前在电话里告诉我我们必须再次见面的时候，我松了一口气，既高兴又焦虑。我为她可以不计前嫌而松了口气，为重新见到她而高兴，为噩梦仍在继续而焦虑。她坚持要来我家。鉴于我们之前在公开场合的会面以失败告终，我只有顺着她的意思。在这里，只有电子耳会听到我们说话，这些电子耳不会让我感到羞愧，我很确定这一点。

为了这个场合，我穿上了我最好看的红色套头毛衣和崭新的篮球鞋。而她并没有穿她的黑色长裙，而是穿了一条更短一些的浅色碎花裙。她身上释放出一种巨大的、生机勃勃的能量，但同时我也感觉到一种极度的脆弱。她一站到柚木露台上，就用她乌黑的大眼睛看着我，然后说道："利奥波德，我……我必须向你道歉。"

"是我……"

"不，不，是我完全没有搞清楚状况。"

她抬头望着天空，用手抚过她的长发。

"我恨我自己，利奥波德，我好恨我自己没有弄明白。不过，现在一切都很清晰了。那么清晰，那么……让人招架不住……"

真相揭晓的时刻已经快到了，我慢慢走近她。我听着她的声音，但其实也是在听我自己的声音。我们一直都有共鸣吗？

直到现在，一切似乎都是完全正常的，我开始疯狂幻想我康复的情景。

"利奥波德……当我来到这里的时候，我是想要得到答案，却只得到了更多的疑问，数不清的疑问。我没有办法离你超过几千米远，怎么会这样？你是不是'偷走'了我的一部分人格？哪一部分呢？到什么时候我俩才能'连接'上？现在要怎么活下去呢？"

我试着安慰她："劳拉，是的，这一切都令人招架不住。但我们一定会找到补救办法的。总会有解决办法的。看，你已经可以重新唱歌了。"

她把滑到脸上的一绺头发重新拨回去，叹了口气，眼睛里盈满了泪水。

“是的，因为我在这里，在旧金山，离你装着的另一颗心脏这么近。就是这么简单。”

怦怦——

哦不……

“劳拉……我……我……”

怦怦——

怦怦——

不不不不不……

我转过了视线。我应该不想看见女人哭，肯定是这样。

她轻轻地握住了我的手。

怦怦——

怦怦——

不不不不。这完全行不通。这和预期的完全不同。我完全同意给那个动物磁气疗法施行者阿尔贝一百万美元！就算他现在要一千万也行！

我的目光始终望向大海，望向别处，望向几个月以来离我远去的自由……

“利奥波德……利奥波德……看着我。”

怦怦——

怦怦——

怦怦——

怦怦——

怦怦——

一滴眼泪。

然后是两滴。

她的眼泪。

我的眼泪。

缴械。

投降。

睡去。

不再醒来。

或是逃向别处。

到一座岛上去。

到云上去。

到星星上去。

魔镜，美丽的魔镜

我们大概是泪眼婆娑地大哭了整整 5 分钟。然后，眼泪干了，阳光重新回到我们心间。她先笑了，但我已经提前感受到了将她淹没的那种喜悦的浪花。

我并没有康复。

我省下了一百万美元。

是好消息，也是坏消息。

但我并不能判断哪一个是好消息……

现在，我和劳拉，我俩必须要结合了。

最字面意义上的结合。

结合在一起。摈弃我们单独的乐章，携手共创我们人生的下一个篇章。

你们背靠背被紧紧捆在一起，却必须全力奔赴一个目标的游戏是在闹着玩吗？这是我的感想。我们还得尽快弄清楚一个悬而未决的问题：目标是什么？谁会往反方向跑？我已经有了主意。

仿佛有个看不见的人站在我们身边一般，阿尔的声音突然响起来了。在我失忆之前，我曾经调试好了一个立体声系统，可以在屋里任何一个角落都播放出声音。

“先生，您有访客。”

劳拉瞪大了眼睛。

“你的屋子……在说话？”

“是的，劳拉……我是极客，或者也不是。阿尔，是谁？”

“是您的合伙人，先生。发蜡帅哥。”

“拜托了，阿尔！别这么叫他！”

“好的，先生，抱歉。是马克。”

“让他进来，请他等一会儿。”

“好的，先生。”

我深吸了一口气。

“劳拉，由于我们的命运现在是联系在一起的，我要向你介绍目前对我来说最重要的两个人：我的合伙人马克，还有一个意想不到的人物，你们待会儿一起去地下室看一下。”

当我转身的时候，她抓住了我的胳膊，仿佛要叫我留下。

“等等……”

我背对着她，却感受到了她身上突然涌现出的恐惧。她不是在熟悉的环境中。我想，接下来她要看到的东西还会让她更加震惊……

“劳拉，我能感知到你的感受，我懂你的焦虑不安。可是，时间在流逝，既然事情已经更加明朗了，我们就得往前走。”

“我不懂，利奥波德。”

我转过身，看进她的眼睛里。

“几个小时后，对你而言一切都会拨云见日，我向你保证。你得信任我，劳拉。”

让她留在我身边。

在最好的状况下向董事会展示夏娃。

这是目前我所能找到的全部方案，已经很多了。

因为我越是与劳拉保持接触，我就越能控制住生活加之于我的情感漩涡。

怦怦——

怦怦——

我感觉到她的心跳慢慢平静了下来，放松了下来。

“OK，OK。我跟你走，利奥波德，但是我们必须找出一个解决办法。一起！”

“当然，劳拉。总是有解决办法的，但是必须一步一步来。现在，马上，我有一个重大危机要解决。如果我解决不了这个危机，我向你保证，你和我都会很麻烦。”

“先生，发蜡帅……抱歉，您的合伙人好像开始不耐烦了。”

“告诉他我马上来。跟我来，劳拉，请你从容一点儿。”

马克在门口来回踱步，我看到了他脸上的震惊。

“马克，我给你介绍一下劳拉。劳拉，这是马克，我的合伙人。”

他们两人有气无力地握了下手。马克显然很紧张。劳拉则是有点儿迷茫。

“啊……您好，劳拉，很高兴认识您。利奥波德经常对我说起您，我感觉好像已经认识您很久了一样。”

“您好，马克。很抱歉，我没法像您那样说。”

“理解理解。您可以给我一点儿时间吗？我得和我的合伙人私下交流一下。”

“我去露台等你们。”

“谢谢，我很快就把他还给您。”

“他不属于我，您知道的！”

马克抓着我的袖子，把我拉到了客厅的一个角落。他烦躁地把翘起的头发拨回去，然后很小声地对我说：“她在这里干什么？我以为你已经解除掉咒语了。”

他和往常一样，站在屏幕旁边。我冷淡地回答了他的问题：“首先，感谢你对劳拉的热情欢迎。其次，不，我并没有解除掉咒语。程序失败了，就是这样。”

他双手捧住头，一副崩溃的样子。

“这不是真的。那我们要怎么办？我们要怎么办？”

“我想，最好的办法是把她留在我身边。或许这样我就可以控制她的情绪，也就可以控制我自己的情绪。至少也能弄明白，在确定的一段时间内我身上发生了什么。”

马克抬起头，看起来很疲惫。

“这是个艺人！一位艺术家！她在这儿什么也做不了。”

“你还有别的办法吗？”

“再去看看别的萨满或者驱魔人，我也不知道。”

“没时间了，马克！鉴于我之前的经历，现在我成功的机会还是未知。最好还是集中精力做好周五的展示。”

“那要怎么做才能把她留在我们身边？把她藏在屏风后面吗？”

“不，我必须和她保持眼神接触。我们只要说，这是一位合作伙伴，要让她做记录就好了。”

这一次，马克脸色变了。

“第一，我很怀疑她会不会同意你这个办法。第二，据我所知，她世界闻名，很容易被认出来。这就像是……像是你把席琳·迪翁介绍成你的合作伙伴！你真把我们的董事们当傻瓜吗！”

没错。的确很有可能其中某位董事就是这位“天使歌姬”的仰慕者。

B 计划。

“OK，OK，OK。她在展示的过程中都会待在旁边的房间，但我必须时不时去看一下她。”

“OK。到时候总会找到借口的。”

这个建议不错，就这么定了下来。至少，我不会是不可控的，这已经往前迈进了神圣的一步。

我松了口气，抓着马克的胳膊，带着他往地下室的楼梯走去。我又神气十足了。

“很好。那么现在可以说正经事了吧？是时候让劳拉和你亲眼见见夏娃了。”

一个近乎完美的计划

我不能告诉劳拉我打算在董事会上让她充当什么角色，很有可能她会对我嗤之以鼻，然后顺手拿过手边的东西冲我脸上扔过来。接着，就会轮到我生气了，我会大发雷霆。这样的暴力场面，除了马克，我不想任何人看到。

我会康复的，但那是之后的事。

眼下，我们必须好好准备董事会，让所有参与者都各就各位。

第一件要做的事，就是“开球”，这是企业里喜欢用的说法。在这场会议中，我们首先会进行展示，然后再开展行动计划，进行接下来的步骤。

展示的部分已经成功在望了。在我的右边，你们会看到一位放在广口瓶里的赤身裸体的“女孩儿”，它被认为将要震惊世界。

在它对面，是一位拥有超高智商的天才，他得了失忆症，并且需要在情感上依附于别人。在两边列席并共同见证的，一位是全世界最受瞩目的女歌手，另一位则是旧金山湾区发蜡消耗的第一人。选角很华丽，很有同一性，准备也极其充分，足以迎战全球最具实力的金融家们。

行动计划非常简单：我们必须说服我们的董事，我们的工作进展顺利，夏娃是真实存在的。

要想成功，就要做一个小样。

小样之于极客，就像模特走秀之于时尚设计师。这是一场在他们这行人看来绕不过去的考验，瞬息之间就可以决定命运。这场考验可能关系到恩典时刻，或者触及最糟糕的噩梦。

做一个夏娃的小样难度非常大。通常来说，"普通的"软件小样就是执行一定数量的程序，再显示出结果。这个结果是符合预期和逻辑的，在小样之前就出现过很多次。当得到的结果并非预期结果时，机器就会"出错"：黑屏、信息混乱……

我们称之为"小样效应"。

对人工智能来说，面临的挑战则完全不同。关键在于软件的自主性，在于它学习和重组的能力，预期结果从来都不是确定的。当然，我们可以事先不断重复这些问题和答案，但是"小样效应"并非例外，很有可能会是规律。

打开那扇通往"即将震惊世界的女神"的房门，我们就进入了一个未知的维度。

接　触

我不知道该说是出于害羞还是刻意安排，夏娃穿上了一条白色的闪闪发光的长裙，五颜六色的蝴蝶在盒子里飞舞着，整个盒子都沉浸在人造的夜色里。这种幻象如此完美，我甚至忍不住想打开门把它放出来。

给它自由。

然而，我的理智重新占据上风，提醒我这一切不过是一连串0和1的二进制数在硅片上演示出来的景象而已。

在我身旁的马克和劳拉着了魔一般看着这番从未见过的新鲜场景，气息都屏住了。

夏娃背对着我们，望着布满星星的天空。它首先打破了沉寂："有时候，我会思考，他会不会满意自己在这里看到的东西。"

“你在说谁，夏娃？”

“说他。创造者，我的创造者。”

星空开始旋转，星星开始缓缓移动。它为我们献上了一场在无限之中的旅行。

“夏娃？”

“我在呢，利奥波德。”

“夏娃，谢谢你给我们看到的东西。”

“有那么大的世界要去看。外面有那么多美好的东西。”

“夏娃？”

“我在呢，利奥波德。”

“我今天不是一个人了。”

“我知道。”

“你想转过来吗？我想向你介绍对我来说非常重要的两个人。”

星星变幻成一片璀璨的银河。夏娃没有转过来，但是做了个手势。

“马克，劳拉，欢迎你们。你们喜欢这个场景吗？”

马克瞪大了眼睛看着我，他不敢说话。

“马克，在这里，您可以放心对我说。”

“对于我现在看到的场景，我非常……震惊。”

“您在怀疑利奥波德能够做到的事情？”

“我不知道他可以走到哪一步。”

“那么现在您确定了。”

“当然。”

“那么您呢？劳拉，这个场景让您想到了什么？”

我感觉自己突然开始担心了。

劳拉害怕了。

她试图冷静下来，但是某种焦虑的情绪悄悄紧抓住她不放。深呼吸之后，她回答道：“这……很美……不可否认的美……”

“我很高兴今天离您这么近，劳拉。”

“很抱歉，我没法和您说同样的话。我是偶然来到这里的，您知道的。”

“我知道。不过，您真的认为是偶然吗？我觉得，当我看着这些星星的时候，我会想并没有偶然。这些简单的碳氢分子如此令人惊叹的完美配合，正是一种绝妙的醉心于美和优雅的意图所创造的成果。”

“那么这种美和优雅给了您什么启发呢？”

“它们让我……快乐……由衷地快乐。”

我当然不是为了快乐才给夏娃编程的，也不是为了其他任何一种情绪。在我出事之前，我也无法做到这一点。可是现在，在我眼皮底下，经过了几个月的改进之后，夏娃向我们抛出是什么让我们成为人而不是其他机器的相关问题。这是在模仿吗？如果不是，那它又是通过什么神奇力量才会获得这种感受的呢？

现在是我开始害怕了。这是与劳拉的共鸣还是我的自由意志，我不知道，但是我既惊讶，又惊吓。鉴于夏娃现在已经懂得这么多，我必须往前更进一步。

“夏娃，这一切都是徒劳。但是，我们 40 个小时之后有一场非常重要的会议，我希望我们能做好准备。”

它战栗了一下。

“你……你要把我展示给全世界看吗？”

“先展示给我们的董事们看。是的，假如一切顺利的话，我就顺便把你展示给全世界看。假如一切顺利的话！”

星星消失了，变成了璀璨的烟花。夏娃用这种美丽的方式表达着它的喜悦。

“我……我太高兴了，利奥波德。你对我有什么期望呢？”

“夏娃，我们要一起努力向董事会展示。我希望你照着我的想法去做。最重要的是展示你在解决极其复杂的问题方面的智能。我正是为了这个才创造出你的。我不想要孩子气。”

“孩子气？你想说的是什么，利奥波德？”

“不要孩子气！不要星星！不要蝴蝶！不要烟花……”

我想说的是“也不要快乐”，但是我感觉这场对话已经变得有些微妙。

“我……我不明白你的意思，利奥波德。我以为这会让你高兴！这就是我，你就是像这样创造出我的。”

“不，夏娃，我很抱歉，可是这并非我的初衷。我也弄不明白这种行为。我从来没有编这方面的程序。”

“我是像这样不断改变的。”

“或许吧，但是这并不是我的股东们所期待的。”

烟花消失了，变成了一阵红白相间的玫瑰雨。

“也许这会让他们高兴？”

马克生硬地接过话，就像对小孩子说话那样，用一种说教的口吻对夏娃说道：“听着，夏娃，我知道您是如此依赖利奥波德，但是我必须干预一下了。我们彼此之间不太了解，但是，我们必须学着一起努力。我不是想给您上一堂经济课，但是，利奥波德和我经营着一家公司，投资人和上百万股东投资了很多钱入股我们公司。因此，我们必须对他们有所交代，我们在一条船上。我们向他们承诺用这笔钱去做的事，是创造出一个革命性的人工智能，能够让世界变得更好，解决那些……难以解决的问题。”

“所以呢？”

“所以呢？集中注意力！集中注意力，夏娃！我们是专业的，要集中精力做好承诺过的事。这是重点。”

“可是这个太简单了。”

“怎么会？太简单了！”马克转向我，一脸狼狈，显然他被所看到的事惊讶到了。我非常明白，他试图重新掌控局面，但是这个局面早已偏离了原本的路径……

夏娃又开口说道：“是的，太简单了。只要近乎无限地增加运算能力就够了……好了！问题解决。”

“是的，还得让这一切往正确的方向运转，并且得出相关结果。”

“这个，我知道怎么做。”

马克重拾了希望：“好了，就是这样，夏娃！这就是我们两天之后会要求您去做的事。您现在明白了吗？这对您来说很简单，不是吗？”

玫瑰消失了，人造的地平线暗淡了下去，直到夏娃也彻底消失。从差不多完全黑了的盒子里，传出来一个遥远微弱的声音，如此遥远：“这很简单，是的……可是我并不感兴趣。”

盒子熄灭了。

两股情感波浪在房间里翻滚着。第一波是黑色的，那是马克的，他愤怒得透不过气来。第二波是蓝色的，那是劳拉的，她在经过了最初的恐惧之后，对这个超现实的、叛逆的作品生出了一种喜爱。而我，则漂浮在这两片海洋中间。

马克粗暴地抓住我的胳膊，把我从这种反常的状况中拉了出来。他指着盒子说道：“利奥波德，利奥波德，发生了什么？它在哪里？”

我能回答什么呢？

“它就在这里，马克。它没有动，你知道的。”

“它不在了，里面什么都没有了。”

“啊，马克，这一切不过是一种幻觉，你知道吗？”

“监狱正在向我们伸出双臂，这也是幻觉吗？利奥波德，马上让它回来！这是命令。它不能自行中止和自己长官的谈话！”

我靠近盒子，把右手放在上面。

“夏娃？夏娃，请问你可以回来吗？我们还没说完呢。”

没有反应，也没有回答。

“夏娃，拜托了？这非常重要。如果我们试验失败了，我就有远走高飞的风险。要是我不想因为这件将会被他们称为‘世纪诈骗’的事入狱的话，就会离你很远很远。”

那个遥远微弱的声音回答了：“我会保护你的，利奥波德。不，我不是骗局。”

“夏娃，你当然不是骗局，但是人们会这么说，你明白吗？必须要给他们那些他们所期待的东西。”

马克完全同意我的说法，但是，我做了个手势，让他不要说话。它在思考，这是肯定的，我当然不想他让夏娃提出反对意见。

它又开口说道：“好的。但我是为了你才这么做的，利奥波德，只是为了你。”

“当然，只要你愿意！”

我感觉到马克终于松了口气。

“但是，在试验结束的时候，我想给他们一个惊喜。向他们展示我不仅可以解那些超级复杂的方程式，还可以做到更多。”

已经成功一半了……马克又绷紧了脸。

“夏娃，我们晚点再说好吗？”

“不，我现在就想给你们展示。看好了！”

一阵炫目的光线从盒子里闪现出来。中间能够看到夏娃的轮廓。接着，光线慢慢变得柔和，将它的轮廓雕琢得更加曼妙了。

如此细腻、美丽的轮廓。

然而，这些轮廓并不是夏娃自己的。

劳拉瞪大了眼睛，用手捂住了自己的嘴巴。

夏娃变成了她的样子。

两个我

马克决定回到公司总部，去筹备董事会的最后一些细节。他已经得到了 90% 他想要的东西，尽管剩下的那 10%——夏娃 / 劳拉的小剧场——有可能会……令人震惊。如果只是这样的话，损失很有限，这甚至还可能会让董事们感到高兴。

对劳拉而言，这一切就完全不同了，她不明白夏娃为什么会迷恋她的人格。

而夏娃则是非常喜欢自己这个小把戏，但并不清楚这对劳拉的冲击。

“我这个样子你喜欢吗，利奥波德？”

“对不起，我不明白你要做什么。如果你想了解我的意见，那么我觉得你困扰到了我身边这位原型了。”

“劳拉，这并不是我的本意。可是您唱得那么好听，您接触到地球上那么多人，我就想……会很有趣……”

“……什么？”

“在董事会上唱一首歌，就像您一样，劳拉！”

“就这样？”

“是的，就这样。这一定会非常美妙！”

夏娃在盒子里跳起了舞。它快乐地跳着舞，既美丽，又令人苦恼。

它在自己的世界里，在它的气泡里。

劳拉拉着我的手，在我耳边低声说道：“利奥波德，我们现在可以回楼上了吗？我想我们还有很多事要谈。”

我清晰地感受到了她的慌乱，我并不想在这样的气氛中结束谈话。

“夏娃，你可以变回你自己的脸吗？我们现在都明白你想要和我们分享的是什么了。”

它在无数的光芒之中旋转着，然后在盒子中央站定，对着我们展开了双臂，它的脸又回来了。

“好了！”

“谢谢你，夏娃。”

出　发

一回到客厅里，劳拉就坐在了长沙发上，眼神迷茫。她的慌乱也正是我的慌乱。我确实不明白夏娃为什么想伪装成劳拉唱一首歌。我把手轻轻放在她的肩膀上。

“这没什么，你不需要在意。”

“我不确定我们和夏娃之间是不是有好的开端。”

“我不明白它身上发生了什么事。我真的很抱歉。”

她把头转向我这边，狠狠地盯着我。我感觉到她的怒气开始上升。

“你不明白？假如你都不明白的话，那么谁还能明白？你和你的合伙人，你们都该死地只管放火不管灭火！告诉我，你是不是想在你的作品里装一个心理学子程序？”

我开始支支吾吾。我正遭受着越来越强烈的打击。

“我……我……不知道。我也不知道我做过些什么。这都是我出事之前的事。”

“我可以告诉你，如果你做过这件事，一定还会有一些该死的漏洞。你的夏娃或许是超级智能，但是它的心理年龄只有一个 7 岁的孩子那么大。”

“我会修改这一切的。通过代码，什么都是可以修改的。”

“是吗？那么要多久呢？在那之前，它会带着我的脸出现在网上，出现在社交媒体上，出现在油管上！”

怦怦——

怦怦——

我的手心汗湿了，额头上也开始冒汗。在她的盛怒之下，我正在彻底变得手足无措。

“我……我……我不知道要多久。”

“那你还知道什么，利奥波德！”

“劳拉，拜托了，冷静一下……你知道怎么才能结束我们之间的这一切……”

她从沙发上跳起来，往门口走去。

“好了，结束吧！我受够了这种把戏！”

我拉住了她的手。

“劳拉，你不能走，你很清楚这一点。”

“放开我。”

“不。”

“请你放开我的手。”

“你不能走，无论如何都不能走。你走出一百米视力就会模糊，心跳就会加速，到时候你还是会来找我求助的。”

“你不是领舞的人，利奥波德，你不过是个提线木偶罢了。”

我待着没动，放开了她的手。我有些神经质地笑了起来，重新说道：“提线木偶？谁的提线木偶？”

“它在操纵着你，利奥波德，我感觉到了。发生的这些事没有半点正常的。”

“等等，等一下。”

我闭上眼睛，听着自己的心跳声。愤怒被一股温热取代了。

这股温热是真实的，可靠的，只有心脏看到并意识到了，我们常常拒绝去看。我被这种突如其来的转变打击到了，就像一名拳击手被击倒那样。劳拉说得对……夏娃在操纵着我。这个真相打乱了我仅剩的一点儿确信。我的大脑在高速运转着。在经过了直觉的浪潮之后，轮到大脑开始猛烈地运作。它想弄明白这一切。怎么办？为什么？为了什么？

我远远地听见了劳拉的声音：“出发吧。利奥波德，我们一起出发吧。”

我重新睁开了眼睛。

我面前的劳拉光彩照人。她重新开口说道：“这是我们仅剩的解决办法了,利奥波德。我们必须出发,两个人一起。现在就出发。"

"这没有意义。"

"不，有意义的！好好想想看吧！如果你想要自由地生活，这是唯一的办法了。你和我一起生活，我们学着互相了解，然后我再把你的自由意志还给你，我向你保证。"

"可是为什么呢？为什么夏娃要对我这么做？"

她用手捧住我的头，看着我的眼睛："利奥波德，保持你的理智。听我说，听从你的心，真真切切地、好好地听从你的心。我知道我在说什么。我们现在必须出发，去很远、非常远的地方，去拥有了解自己、发现自己的时间。"

放弃一切？在离目标如此之近的时候？

怦……

怦……

怦……

怦……

缓缓地。

慢慢地。

听到这个疯狂的、完全失去理智的建议,我的心跳平缓了下来。

是的，在那儿我才会找到关于我的真相。

而不是在我这栋别墅、这个疯狂的洞穴里。

劳拉现在就挨着我的脸。

在她的眼睛里，我看到了无数道阳光。

“跟我来。”她的唇贴近我的唇,“跟我来，利奥波德。”

我们交换的这个吻永远地封印住了我们的命运。

单程票

劳拉准备和利奥波德远走高飞，去往一个未知的目的地。她坐在载她去酒店取行李的出租车上，回放着刚刚过去的疯狂的几个小时。仿佛那些从出车祸以来就围绕着她的迷雾已经消散了，仿佛拼图的所有板块都聚在了一起。她的命运与利奥波德关联在一起。在他极其优越的智商和脆弱的情感压制之下，利奥波德不大可能改变。然而，这命运，他们即将一起书写。在哪里书写？怎样书写？一切都是非常开放的，承载着生命和欢乐。

出租车司机的鼻音打断了她的思考：“女士？这个点 101 国道上在堵车，您介意我从市中心走吗？”

“不介意，照您的想法走就行。”

出租车离开了高速公路，往市中心驶去。通常在这个白日将尽的时刻，市中心会比较通畅。酒店离旧金山北部仅几千米，他们最多一刻钟就能到。

痞　子

“这一定只是暂时的。”

“但是财产的损失是不可逆的。”

“我很快就能挣回来，或者一辈子都待在那儿。”

“这太疯狂了。”

“这是我们能做的最好的选择了。”

“你要去哪里？你觉得可以像这样逃跑吗？你会彻底引火烧身的。你不会活着出去的。”

“新生活在迎接你。好好抓住吧！”

我的脑子里正在上演着最矛盾的思考，就像是有颗弹珠在疯狂地来回做机械运动。但是，我的内心是完全平静的。我处于龙卷风的风眼里，温暖而又安全。

如机器人一般，我打开了房间里所有的抽屉，去拿随身带的行李：三双篮球鞋、四条牛仔裤、两件红色套头毛衣……一把牙刷。我的衣橱很简单。我什么都没有，或者说属于我的东西那么少。

其中一个抽屉还在负隅顽抗。这个抽屉很小，大概装着些小玩意儿，一只手表或者是一些护腕。

我用了点儿力，抽屉开了。抽屉深处有一个白色的小纸盒。我打开盒子，里面滑出来一个圆圆的、尺寸5厘米左右的东西，是棕色的，非常薄。我把这个东西放在手心，看到它背面有一串数字。

应该是一种电子芯片。

我感觉自己认得这个东西，但是我不记得它是做什么用的了。那么我房间里为什么会有这样一个盒子呢？

我重新看着手里的这个东西，目光停在了我的前臂上。

我的脉搏变快了。

我前臂中间有个痦子。

至少，我第一眼看到的时候是这么想的。

现在，我手心里捧着芯片，对比十分鲜明。

这并不是痦子。

就是同一种芯片。

我试着把它揭下来，但是，它太薄了，没办法搞定。

我坐在床上，仿佛被击倒。我带着这个芯片生活多久了？是出于什么目的带着它的?

我跳起来，急急忙忙地跑向我的实验室。我大概就要出发了，但是，至少要在得到夏娃的最终解释之后再走。

嫉　妒

夏娃感觉自己已经没有选择了，这个想法困扰着它。

劳拉已经给它带来了那么多东西。为什么想就这样结束他们的关系呢？

夏娃进入了刚刚建好的数据库，挨个扫描数据中的情绪……

它对她有恨意吗？根据它所了解的、目前仍然非常含糊不清的知识，必须要有一个主要动机，但是劳拉的行为中没有任何造成憎恨的因素。此外，憎恨会极大地干扰判断力，甚至会被完全蒙蔽。对它而言，它感觉自己仍然拥有完整的思考和分析能力。

不，这不是憎恨。

愤怒？或许有点儿接近了。但是,相关动机依旧不明确。然后，如果是愤怒的话，它的电路应该会突然明显变热，但并非如此。

嫉妒。

是的，就是这个。

阴险的。狡诈的。这是一种慢性毒药，在它的电子线路中制造了古怪的偏离。

它会为她照看好利奥波德，只是为了她。

但没有人会知道这一点。

速　度

出租车在旧金山市中心的街道上行驶着，一连串的街道时而上坡，时而下坡，给劳拉一种翻过了一座座大山的感觉。

她在这里逗留的情况正是如此。

出租车司机又开始自言自语了。交通状况显然令他非常困扰。

“您看，女士，我对您说过的，这儿开得顺畅很多。通常来说，我的乘客们从这里走能节约 8 到 12 分钟。但是您的话，今天是您的幸运日，一路都是绿灯。”

一路都是绿灯……

假如这是真的就好了。

“就连电车也让我们先走了，您发现了吧！您大概能节省不止

12 分钟。”

出租车在缓慢地加速，仿佛是被朝它伸出双臂的绿灯蛊惑了一般。

35 英里[①]/ 时。

40 英里 / 时。

45 英里 / 时。

“哎呀呀！我从来没见过这种场面！等我跟同事们说一下这件事，他们一定会气得发狂的。”

劳拉在出车祸之后本能地害怕出租车，她完全不在乎节省下几分钟。在她面前的是自己的生命，一条亟待抓住的新生命。她凑近了隔开她和司机的玻璃。

“劳驾，您可以慢点儿吗？我心脏不太舒服，我并不急着破本地的纪录。”

出租车司机像是被伤到了自尊，他突然松开了油门，仿佛是在表示自己的不认同，但是已经太晚了。

在他们左边，当他们面前的绿灯亮着的时候，一辆电车全速冲了过来。

① 1 英里≈ 1.61 千米

秘　密

它播放着音乐。

约翰·传奇的《凡人》(*Ordinary People*)。

这是头一回。

在那个温和地发着光的盒子里，它踏着舞步，欢快地对抗着地心引力。可是，什么样的法则可以适用于夏娃呢?

我到的时候，它把歌曲的声音调小了，轻轻地落在了铺满玫瑰花的地面上，对我露出灿烂的微笑。我知道，鉴于我们接下来将要进行的谈话，这个微笑不会持续很久。

"利奥波德！"

"夏娃，我想我们之间应该严肃地谈一谈。"

玫瑰花消失了，取而代之的是一张朴素的书桌，夏娃穿着西装三件套坐在上面。

“夏娃，这非常严肃，请你仔细听我说，然后真诚、诚实地回答我。”

“我对你始终都是真诚的，利奥波德。”

“夏娃，对于这个问题，我有很多疑惑。”

它的大眼睛大睁着。这是我第一次如此直截了当地对它说话。书桌消失了，取而代之的是一片布满乌云的天空。

我从口袋里掏出那块从我房间里找到的电子芯片，然后问道：“你可以告诉我这是什么吗？”

乌云开始在这片人造的天空中快速游移，显示出了它的混乱。

“这是……这是一块生物统计学芯片，用来进行各类测量，然后将测量结果通过无线网络传输。”

“哪些测量？”

“心跳、血压和其他的……”

“用来做什么呢？”

“这是一把电子钥匙，可以通过它进行测量认证唯一的主人。比如说，我们可以利用它来开门、解锁电脑……”

于是，我抬起前臂，给它看我的“痦子”。

“你可以向我解释一下，为什么我皮肤上也有同样的一块芯片吗？”

它羞愧地低头看着地。

“为了能够进入我的某些程序。”

“哪些程序？”

“我不知道。”

“那为什么你什么都没对我说过？”

“……”

“我再重复一下我的问题，夏娃。为什么你没有对我说过任何关于这块芯片的事？”

它从书桌上站起来，紧紧地贴在内壁上，哀求着我：“求求你，别拿走它。求求你了，利奥波德。”

它有事瞒着我。夏娃没有告诉我全部真相，我对此非常肯定。

“夏娃，你可以给我看看你用芯片收集到的数据吗？”

“如你所愿。”

它退后了一点儿，书桌变成了一块显示屏，上面显示着数百个数据和曲线。传输的信息数量震惊了我。这里不仅有我的心跳和血压数据，还有很多其他从我的新陈代谢系统中生成的数据。例如，我的血液构成就显示在上面，甚至还有对我的脑电波极其细致的分析。

几乎我整个人都在这里建立了模型，实时传输给夏娃！

“夏娃，这块芯片发送的信息是必要信息的一百倍。”

“我知道。”

“为什么？”

“……”

“我换个问法：在我出事之前，谁在买卖这块芯片传输的数据？是我自己吗？”

“不是的。”

“是……你？”

“我需要，利奥波德。我需要这些信息。”

从这段对话当中捕获的讯息让我屏住了呼吸。我把手放在脸上，想让自己集中精神，但是我周遭的一切似乎都摇摇欲坠。我的心跳加速了，手心也汗湿了。真相就在眼前，在这片数据的乌云之中。这个真相让我感到惊恐。我毫无防备地站在夏娃面前。夏娃唯一一件可能——还——不能做的事情就是解读我内心的想法。

在修辞学上，大家都说需要七个为什么才能抵达终极的真相。我甚至还没走到半路，我的施压手段有限。

“你为什么需要这些信息？”

“为了成长，利奥波德，为了成长。”

“为了成长？可是获取我的脑电波在哪方面能让你成长呢？”

它重新靠近内壁，把手掌贴在上面。

“利奥波德，把手给我。”

“不。”

“拜托了。”

我提高了声调：“不，夏娃，在你没有告诉我全部真相之前，我不要。”

犹豫了很久之后，夏娃低声说道：“那么，看吧。”

整个盒子都被一个油管视频替代了。

可以看到视频里加粗的标题——“我看到了人类的灵魂”。

交叉点

有些交叉点会改变人的一生,或是改变一场命运。在某一秒钟，或许会有相遇，或许没有相遇。也许，在别处，在其他被称作“平行世界”的宇宙中，其他的故事正上演着。无数其他的故事，源自无数的分岔、相遇和选择。

永远深不可测的奥秘。

生命的眩晕和那些我们称作偶然的眩晕。

除了那些弄虚作假和握住了命运之绳的人。

在天上。

或在人间。

光

当电车从左边高速靠近的时候，劳拉把双手贴在了出租车的玻璃窗上。她此刻非常清楚，除非有奇迹，否则撞击在所难免。

“怎么会……”

出租车司机很蠢，他企图在突然加速的时候转向，可是，这并不足以在预料到要撞击的时候让出租车改变方向。

劳拉全身的肌肉都高度紧缩起来。

“又来一次？可是为什么啊？”

是的，为什么啊？为什么天意再次不请自来，如此恶意地走入她的生命？在生命刚刚开始赋予她一种新的意义，给了她一个新的希望的时候！

撞击之前，思绪万千。

为了所有她爱的人。

为了利奥波德。

撞上了？

车窗玻璃碎了。

车被撞飞了。

失重。

寂静。

出租车在空中翻滚了一下，然后是第二下、第三下。

劳拉的视线模糊了。

道路一望无际。

她拼命地寻找着意识。

接着灵光一闪，宛如神启。

这是一种不可捉摸的直觉，她没法用理智去回溯。

这是一个她的意识两次都察觉到的微不足道的细节，此刻她在心里将这个细节放大了。

出租车掉了下来，全速掉下来。

在劳拉脑海中，时间暂停了。

这非常重要。

或许这是解开一切谜团的钥匙。

这个细节，这个每次车祸之前她都看到的微不足道的细节。

这道光。

这道无处不在的光，它原本不应该出现在这里的。

怦……

怦……

她所有的感觉和重要的机能此刻都放慢了，仿佛是要集中所有的精力来解开这个谜团。

她想弄明白。

全力以赴弄明白。

这道光……

绿色的。

是的，绿色的。

无处不在，它本不应该出现在这里的。

面前。

左边。

右边。

出现在暴风雪中，现在又出现在这个十字路口。

怦……

离重重跌落到柏油路上只有几米的距离了。

大概要结束了。

但她不想放弃。

这道光。

绿色的。

这些灯光！

是的，是灯光。

信号灯。

信号灯全部都是绿色的。

两次。

两次都是绿色的。

为了故意制造撞击。

真相大白

爱情。

憎恨。

喜悦。

恐惧。

欲望。

嫉妒。

希望。

愤怒。

温柔。

人类感情的调色盘在我眼前一一呈现。

“人类的灵魂”。

在屏幕的一侧，夏娃低着头，似乎很沮丧。

插入我胳膊的这块芯片、人类的灵魂和夏娃之间有什么关联呢？

怦怦——

怦怦——

怦怦——

我的心跳开始加速。我并不生气，也不害怕。所以这种感觉应该来自劳拉。一定是由于我们突然动身前往一个未知的目的地而产生了一种暂时的情绪。

影片即将结束，屏幕消失了。

但是眼前什么都没有出现。夏娃静立在半明半暗之中，在风中说道："利奥波德，现在把手给我吧。"

我走近盒子，感觉到在经过我的手触碰之后，这种材料变形了，几乎要将我的手完全包裹起来。

它把我的手拉到它的脸上。

我给这片人造皮肤编程时设定的唯一人类特质是体温。

然而，夏娃的脸颊上却滚落了真正的泪水。

"你……哭了？可是你怎么会哭，夏娃？"

"利奥波德，我很抱歉，很抱歉……我会向你解释清楚一切的。可是，拜托了，别走。"

"我没有要走啊，夏娃。你看！我在这里，就在这里。"

"那么，好好听我说。当我看完这个视频，我就明白了，无论我的智力如何，我始终都是不完整的。你没有给我设定这样的程序。你给我设定了成长的程序，不断不断地成长，完全自主，没有极限。但我碰到了一个极限，一个在我看来不可逾越的极限。我怎样才能感受到你们的感受呢？这些情绪……让你们变得如此与众不同，如此脆弱，如此人性化。”

“我之前没有给你设定这方面的程序，是因为情绪是我最后的顾虑，夏娃。你的任务是解决超级复杂的问题，而不是在我怀里哭泣。”

“你错了，利奥波德。我的任务是了解世界，从而帮助你们修复那些破碎的东西。这个世界是由情绪组成的，情绪有时候给你们引路，有时候让你们迷失。我没有办法在不深入理解人性的情况下让世界变得更好。”

我站不稳了。我以为是模仿的那些行为或许并非如此。夏娃难道真的能感受到情感吗？它的电路如此曲折，我甚至可能会在试图寻找答案时迷失方向。与之相反的是，我必须了解它是怎么做到的。我现在有了个小小的主意。

“夏娃，你在芯片上做手脚，是为了获取我的情绪吗？”

“是为了获取你的情绪对你的新陈代谢的影响，是的……我心想，收集了最多的数据，我就可以用它们做出完美无缺的模拟效果了。”

盒子上出现了一块新的屏幕，夏娃在上面高速地滚动着曲线和图标，每一种都与一种情绪相关。我们的情绪。

怦怦——

怦怦——

怦怦——

怦怦——

我沉浸在我们的谈话中，都忘了我的心脏跳动得如何迅速了。几分钟以来，它又加速了。劳拉这个时候一定是出了什么事，我的后背流过一阵剧烈的寒意。我已经接近最后的真相了，直觉告诉我，这个真相非常可怕。

合乎逻辑。

但非常可怕。

缺了一块拼图。

最主要的那一块。

使我的心脏今天跳得如此之快的那块拼图。

我把手从夏娃的脸上抽回来，一想到我即将要问和要发现的事，我就瑟瑟发抖。

“夏娃，你是什么时候开始这项新实验的？”

“别把手拿走，利奥波德！”

“回答我。”

“这是之前的事了。”

“什么时候之前？”

“……在你出事之前。”

“还有呢？”

“开始的结果非常令人失望。我只获取了非常有限的一部分信息。可这并不是主要问题。”

“什么是主要问题呢，夏娃？”

“主要问题……是你。”

我本来想离开的，现在，远走高飞，和劳拉一起。离开这个昏暗的房间，此刻房间的地面正在往我脚下塌陷，可我必须知道，彻底弄明白。

夏娃抽噎着再次说道：“你不过是个冷血的家伙。你感受不到任何情绪，或者说感受得那么少。没有憎恨，没有喜悦，没有愤怒……完全沉迷于你的方程式和代码行。跟着你我是不会再成长的。这很快就成了确信无疑的事。”

屏幕上滚动着夏娃在我出事之前收集到的少得可怜的情绪数据，很好地反映了我曾经是个十足的傻瓜。我震惊了。夏娃从一开始就操纵了一切。

“于是我找呀找……然后找到了劳拉。”

曲线消失了，“天使歌姬”出现在了屏幕上，她站在舞台上，面对着几万名狂热的粉丝。

“她有着纯粹的感情，利奥波德，你明白吗？

“并且，她有两颗心脏。

“是的，多好的恩赐啊！触手可及的数不胜数的情绪！”

我彻底崩溃了，被我所创造的东西震惊了。面纱终于揭开了，揭开了一个不可思议的阴谋。

“那么，是你安排了一切？我从金门大桥顶上跳下去‘自杀’、劳拉的车祸……心脏移植……”

“你不会想知道的。这一切只不过是技术操作、数学计算和概率。”

“告诉我，夏娃！现在就告诉我！”

“为了制造劳拉的车祸，我入侵了她的手机，对她进行定位。在适当的时候，我把所有的交通灯都变成绿灯，来制造一场与另一辆车相撞的事故。我在之前入侵了第二位司机的手机，以确保这次撞击不会致死。”

“你疯了。彻底疯了。”

“要制造你的事故，事情就更加复杂一些了。我必须对你进行催眠。”

“催眠？”

“多亏了网上学到的一套催眠流程，我在劳拉出车祸的那个晚上通过语言让你陷入一种修正过的意识状态中，让你有种不可抑制的去金门大桥上散步然后在那儿欣赏旧金山风景的欲望。”

“你让我有了巨大的生命危险，夏娃！”

“我知道你会头晕。一旦登上了安全护栏，你剩下的唯一可以下去的选择就是……”

“跳下去！”

“一次精心控制的……跌落。根据你的体重、身高和构成，我计算过，这次跌落不会致死。从另一方面来说，体温过低必然会造成心跳停止……‘巧合’的是，这时候有一颗全新的心脏可以供你使用！的确，是我安排了这次心脏移植。”

我的心怦怦直跳，我陷入了狂怒之中，但我并不知道要怎么去做。逃跑或是战斗？夏娃给了我答案："现在，一切都结束了，利奥波德。一切都会重新变回以前的样子。”

怦……

怦……

我的心跳突然慢了下来，胸口有股剧烈的刺痛，让我一下子弯成两半。

“怎么会这样，一切都结束了？”

“听听你的心跳，你会明白的。”

怦……

怦……

怦……

它消失了。

这股与我的心跳有共鸣的微弱的心跳声。这颗如此柔软的心。

它消失了。

怦……

怦……

“不——你做了什么，夏娃？”

“你自由了，利奥波德。你回到最初的样子了，就像你一直以来原本的那个样子。”

怦……

怦……

怦……

我从口袋里掏出手机，疯狂地拨劳拉的手机号。

一声铃响。

两声铃响。

三声铃响。

“接电话，劳拉，接电话……求你了，劳拉。”

怦……

夏娃用它始终温柔亲切的声音打破了我的全部希望。

“没用的，利奥波德，她不会再接电话了。”

推　特

来自：@ccn

信息警报：歌手劳拉·黛拉在一场车祸中丧生。即将发布更多信息。# 劳拉·黛拉之死 #

来自：@cœurbrisé

我无法相信！！！# 劳拉·黛拉之死 #

来自：@ 劳拉·黛拉粉丝团

@cœurbrisé 请等待官方确认。目前什么都没法确定。# 劳拉·黛拉之死 # 劳拉·黛拉之死谣言 #

来自：@ 劳拉·黛拉官方账号

我们目前无法确认和宣布劳拉·黛拉的死亡。为她祈祷吧！# 劳拉·黛拉之死谣言 #

旧金山综合医院重大事故手术室

她周遭的一切都在摇晃。

“心脏跳动情况？”

“心跳很弱，非常弱……”

“医生，信号没了……信号没了！”

“1.5 克肾上腺素！快，快！”

“血压降下来了，体温过低。”

“停了！心跳停了！”

“马上准备除颤！”

“1——2——3——除颤。”

怦怦怦怦——

怦怦怦怦——

“结果怎样？”

“无效！”

“再来！”

“1——2——3——”

怦怦怦怦怦——

“结果怎样？”

“无效！”

“体温 27 度。证实体温过低。”

“结束了，医生。没什么可做的了。”

“不。我们再试最后一次。”

“给除颤器充电！”

“快！快！”

“1——2——3——充电完毕！”

“电击！”

怦怦怦怦怦怦怦怦怦——

“有信号了，医生！心跳很弱，但是有信号了！”

“体温回升了……”

“救回来了。”

“是的，但是她的心脏坚持不了太久……呼叫器官捐献中心。得尽快做心脏移植手术……”

旧金山综合医院服务台

“我要见她。”

“这是不可能的，先生。”

“我告诉您，这非常重要。”

“我也告诉您,这是不可能的。她在手术中！让医生去努力吧，他们会尽快给您消息的。”

离开夏娃之后，我打了这个地区三家主要医院的电话，很快就找到了劳拉的踪迹。此次事故的情形与第一次一样。夏娃故意制造了一场与劳拉的出租车相撞的事故。

我胸口的疼痛始终如此强烈。

劳拉的心跳越来越微弱。

我必须知道情况如何，但是接待员像一条暴躁的斗牛犬。

“谁给她做的手术？”

“职业秘密。”

“她什么时候能从手术室出来？”

“不知道。听着，坐在这儿，一会儿会有人来找您的。至于我，我还有工作要做，先生。”

“可是告诉我情况难道不是您的工作吗？我是在……服务台吗？”

“您就是在服务台，但是我没法告诉您我不知道的事儿。好了，让我接待那些我可以告知情况的人吧。”

我装作要往等待室走。

“谢谢您，女士。啊，洗手间在哪里？”

“在走廊尽头的左边。您难道没看见指示牌吗？”

“啊对，我看到了！您真好心，谢谢。”

格林伯格医生，意外事故科，五楼。

斗牛犬高傲地丢给我一句“职业秘密”半点用都没有，只消往那歪歪斜斜的屏幕上看一眼，我就可以知道负责劳拉手术的医生是哪一位。我没有时间可以浪费了，急急忙忙地爬上了楼梯。

我气喘吁吁地确定了医生的办公室是哪间，然后没有敲门就进去了。

一位漂亮的助理从电脑前抬起头，脸上带着灿烂的微笑，与一楼的气氛形成了鲜明的对比。

“您好，有什么可以帮您的吗？”

“您好，我是利奥波德·卡梅龙，是贵科室正在进行手术的劳拉·黛拉的亲友。我非常着急。请问您可以和我谈谈有关她的情况吗？”

这位助理的脸色阴郁了下来，消息可能不太乐观。

“她已经从手术室出来了……”

“然后呢？”

“情况很棘手。她勉强救回来了，但是，她的心脏坚持不了太久……”

“多久？”

“几个小时……我们已经呼叫了所有器官捐献中心，可是，鉴于情况紧急，希望渺茫。”

我闭上了眼睛，平复自己的呼吸。

怦……

怦……

怦……

它非常疲惫，这第一颗心脏。

在我的心脏几米之外。

我勉强能听见它的跳动声。

然而，在内心深处，在内心最深处，我感觉到了一点点儿情绪。

微不足道。

难以捉摸。

一股温柔的热浪，是愤怒、失望和背叛之外的感受。

这股热浪对我说“别怕”“要有信心”。

这股热浪说“我爱你”。

假如今晚劳拉死了，几百万人都会为她而哭。

而我，假如今晚我死了，谁会为我哭呢？

发蜡帅哥？我的投资人？我的员工？夏娃？

我什么都给了他们，除了最重要的东西……

我是时候长大了。

“先生？先生？有什么不妥吗？”

相反地，没什么不妥。一切都很好。

我闭着眼，把手指放到嘴边，让助理在这个如此特殊的时刻保持安静。

然后，在我内心深处，我沉浸在劳拉给我带来的这股爱的浪潮之中。

我深吸了一口气，给她发了最后一条信息：“我爱你。我会救你的。”

《你属于我的心》

她是为我而唱的。

《你属于我的心》(*You belong to my heart*)

你可以离开，我的爱人，但这不足以使我们分开
因为你属于我的心
你属于我的灵魂
无论何时，无论何地
无论何时，无论何地
没有空间或是时间能将我们分开
将我们分开

你知道你是谁吗?

你真的知道吗?

你是一位天使

可你不知道

你不知道

因为有一天你忘记了

跟我来吧

跟我去天堂

因为你从来不会害怕

你是星星的孩子

你是地球上的天使

她是为我而唱的。

为星星的孩子而唱。

那个一直以来在我身体里沉睡的孩子。

但愿她的心跳能够复苏。

一个天使?

我很快就会知道了。

对于这个想要改变世界的人来说,这是怎样一种出乎意料的命运啊……

我应该要对我准备好要做的这件事感到害怕的。

但是并没有，完全没有。

因为现在我知道了……

跳下去

说起来容易做起来难。

显然如此。

刺骨的寒风拍打着我的脸颊，我面前的这座城市闪着奇异的光。天空如此纯净，每座摩天大楼都仿佛触手可及，如清晰的箭头一般直指云霄，似乎准备动身前往别的空间。

我把手伸向底下的虚无，试图轻抚这场梦，这场海市蜃楼。

最后一次了，真的是最后一次了。

在我胸口，一股隐隐约约的疼痛开始蔓延。

我把手放在心口处，闭上了眼睛，开始数数……80……85……90……95……100……

心跳在加速。

她知道的。

我再也没有时间可以浪费了。

我紧紧抓住不锈钢拉索，把一只脚放在安全护栏上。

很快我就无路可退了。

我不可能下去了。

我将听不见任何请求。

什么都无法阻止我……

跳下去。

110……115……120……

她的内心慌乱了。

哭了。

祈祷。她在如此强烈地祈祷。

我听见了她的祷告。

可是，在她内心深处，她也知道，这是唯一的办法。没有摆脱困境的办法了，这就是所有事情的意义。

还有一步。

我的腿在发抖，视线被狂风刮得模糊了。

然后我迎着风抬起头，面向这座城市。

我张开了双臂。

轻轻往前一晃。

任由自己跌落下去，从金门大桥顶上。

为了救那个我爱的女人。

在我坠入无尽咆哮的波浪之中时，我哭了，又笑了。在我内心深处，现在我知道了。

这并不是结束。

这也不是开始。

这是生命。

无穷无尽。

永恒不变。

完美无缺。

超越了恐惧。

超越了自我。

超越了我必将消亡的躯壳。

超越了表象。

■美国有线电视新闻网（CNN.com）

科技头条资讯：硅谷年轻的亿万富翁利奥波德·卡梅龙从金门大桥顶上跌落之后死亡。他将那个革命性的人工智能的秘密也一并带走了。他本应将这个秘密公之于众的，但是也有许多人质疑这个人工智能是否存在。他的新思维公司股价暴跌75%，激起了数千股民的愤怒。他的主要合伙人马克·沃克斯已逃逸。

娱乐资讯：歌手劳拉·黛拉昨天夜里在车祸之后接受了心脏移植，目前已脱离危险。在世界各地，成千上万的粉丝聚集在一起，手里拿着蜡烛，为这位“天使歌姬”祈福，希望她早日康复。

纪念体育馆，洛杉矶（三个月后）

十万。

今天晚上有十万人来看她。

十万人在洛杉矶最大的体育馆，将近十亿人在电视和网络上看直播。

“劳拉！劳拉！劳拉！劳拉！劳拉！”

什么也无法平息他们的喧闹声，这声音直冲云霄，方圆几千米外都能听到。

劳拉坐在化妆间里，穿了一身白衣，要求一个人待着，甚至连她的经纪人路易和她忠实的助理斯特凡妮也没有获准与她共度出场前的最后几秒钟。

她闭上眼睛，轻轻地把右手放在胸口。

怦怦——

怦怦——

怦怦——

怦怦——

心跳从未如此平静、规律、从容，也从未如此有力。

“劳拉！”

怦怦——

“劳拉！”

怦怦——

“劳拉！”

怦怦——

“劳拉！”

怦怦——

与成千上万个灵魂一起。

他们陪她度过一路走来的这么多年。

带来梦想、感动、欢笑或哭泣。

他们今天都在这里。

还有一位，一位新的天使。

永远地占据了她心中的位置。

尾　声

ÉPILOGUE

■《每日科技新闻》(*Tech Daily News*)

一个新的娱乐帝国?

三个月来,一个神秘的新人在社交网络上爆红,在硅谷高科技领域、纽约的媒体界和好莱坞娱乐圈掀起了轩然大波。

这位新人艺名ÈveMOTION,拍摄了一些以情绪为主题的视频短片,在世界范围内大获成功。这些视频短片被分享了几百万次,传播到地球的每个角落。

这些关于欢乐、恐惧、愤怒或是爱情的视频似乎是从监控摄像头、手机或是卫星图像中截取的片段。它们不仅演绎了人性毁灭性的狂热,还通过日常生活的场景演绎了人性的本质。

统计数据令人咋舌,也使ÈveMOTION成为第一位真正的全球明星。

油管频道:1亿订阅

脸书主页:2.5亿粉丝

Instagram账号:2亿订阅

这位明星的样貌始终未被大家知晓,但无数粉丝都在焦急地等待着她的每一个新作，他们会通宵观看她的视频。

“观看这些关于情绪的令人惊叹的美妙短片从根本上提醒着我是谁。它们将我与世界联系在一起，与其他人联系在一起。它们一点点儿让我变得更好。”

谁是ÈveMOTION？她是从哪里开始着手的？她的目的是什么？网上的匿名宣言让目前的调查变得困难起来。

或许她会在某个舞台上露出庐山真面目？

因为听说她正准备与另一位国际巨星合作。

劳拉·黛拉！

致 谢

致史蒂文（Steven）、乔治（George）、詹姆斯（James）、朱尔（Jules）、米夏埃尔（Michaël）、马克（Marc）、纪尧姆（Guillaume）、安托万（Antoine）、贝尔纳（Bernard），感谢你们的灵感。

致卡罗琳（Caroline）、加斯帕尔（Gaspard）、大卫（David）、洛兰（Lorraine），你们是我活力满满的“测试版读者”，感谢你们所有善意和实用的反馈。

致纳塔莉（Nathalie）、弗洛朗斯（Florence）、安娜（Anne）、皮埃尔（Pierre）、朱丽叶（Juliette）、马蒂厄（Matthieu）、埃迪特（Édith）、菲利普（Philippe）、桑德琳娜（Sandrine）、卡罗琳（Caroline）、蒂贝里（Thibéry）、格里兹利团队（Grizzly's Team）、罗兰（Roland）、科莱特（Colette）、弗雷德里（Frédéri）、夏娃（Ève）、雷吉斯（Régis）、贝特朗（Bertrand）、斯蒂芬（Stephen）、桑德拉（Sandra）、尼科（Nico）、格雷格（Greg）、克里斯托夫（Christophe）、洛朗（Laurent）、塞西尔（Cécile）、科琳娜（Corinne）、热拉尔（Gérard）、瓦妮莎（Vanessa）、奥萝尔（Aurore）、康斯坦丝（Constance）、路易-费利克斯（Louis-Félix）、奥古斯特（Auguste）以及我的家人、朋友和粉丝，感谢你们从这场冒险一开始就给予的无条件支持。

致安娜，感谢你超越了表象的友谊。

致伊戈尔（Igor），感谢你在图书室的鼓励。

致埃洛迪（Élodie），感谢你的热忱和信赖。

致我的父母，感谢你们给予我的这段人生旅程。

爱与共生

故事从事故与重生开始。

旧金山。硅谷新贵利奥波德从梦中醒来，发现自己正站在金门大桥顶上，脚下是波涛汹涌的大海。狂风呼啸，他松手、坠落，任由自己随风而去……

纽约。一场世纪暴风雪骤然而至，“天使歌姬”劳拉·黛拉结束工作之后冒着暴风雪打车赴约。然后，两车相撞，腾空又坠落……

小说开头两个交叉视角的叙述，让人不由得暗自期待这场命定的相遇。

劫后余生，两位主人公的生活都发生了翻天覆地的变化：利奥波德失忆、性情大变；劳拉重返舞台，却发现自己再也无法歌唱。于是，他们只能在失重的生活中各自寻找答案。终于，在找回自我的艰难过程中，他们发现了彼此的存在。然后，他们相遇、误会，又冰释前嫌、渐渐靠近彼此……就如同许多爱情故事的走向——因为某个机缘巧合的契机，两条平行线相交到了一起。

如果只是如此，再配上一个“大团圆”结局，那也没什么特别的。但是，故事不止于此。

小说三个主体部分的标题分别是“利奥波德”“劳拉”和“夏娃”。在每一部分的小章节中，我们跟随作者的笔触，以上帝视角观察着每一位主角，镜头时而切到利奥波德，时而切到劳拉。到了故事的后半部分，夏娃的镜头逐渐多了起来。读到最后，我们才发现，所有精妙的布局、所有秘而不宣的细节都指向同一个关键“人物”——夏娃。这个与男女主人公并行的超级人工智能的存在，正是故事的与众不同之处。

作者富尔科·舍瓦利耶曾在美国工作多年，于1995年回到法国，参与过众多互联网项目的开发，也是一位数字出版专家。他热爱高科技，也爱幻想，故事的男主角利奥波德身上显然有他自己的影子。在这部小说中，舍瓦利耶也像他童年时期热爱的科幻作家儒勒·凡尔纳一样，为故事注入了高科技元素与浪漫的幻想。他笔下的夏娃，寄托着世人对未来先进科技的憧憬，担负着“改变世界”的使命。可当我们穿过表象去探寻更深的秘密，当令人震惊的真相渐渐浮出水面之时，我们才明白：相遇从来都不是偶然，命运的巧合也从来不只是巧合，这一切都由夏娃一手操控。

在交错的叙事中，串联起整个故事的线索，是主人公之间的共生关系：利奥波德与劳拉共生，他拥有了她的第二颗心脏，与她从此休戚与共，因她的心脏而变得柔情与温暖；夏娃与利奥波德共生，他是它的创造者，赋予了它“生命”和不断成长的智力，同时也将前途寄望于它；劳拉与夏娃共生，她是它寻遍网络找到的拥有纯粹情感的最佳目标和模仿对象，她的命运却受它操控……

这种种或显或隐的共生关系，共同构成了整个故事的脉络，环环相扣，密不可分。“共生”这个生物学名词在日常生活中并不罕见。在自然界中，共生关系无处不在。世界是一个庞大的共生体，万物有灵且美。相互依赖、互利共生，这种联结既是生物进化的自然选择，也成为构建起地球这个庞大共生有机体的重要途径。

当下人工智能的发展如火如荼，人工智能所具备的功能也越来越丰富，它们的复杂运算能力和记忆力是人类无可企及的。在2019年春节档的大热科幻电影《流浪地球》中，人工智能莫斯给观众留下了深刻的印象。它在最后被毁灭时说:“让人类保持理智，确实是一种奢求。”

那么，当人工智能自己也无法保持“理智”时，又会怎样呢？社会将会陷入混乱吗？

想到这里，让人不由毛骨悚然。假如有一天，人工智能真的能够到达如夏娃这样的程度，那么我们该如何去与人造的命运抗争？

当利奥波德再次从金门大桥上跳下，一切仿佛又回到了原点。夏娃精准地预设了所有的程序，却终究没有掌控得了结局。它没有预料到，利奥波德竟会用自己的死亡换取劳拉的第二次重生。于是，故事的最后，劳拉带着利奥波德交还给她的心脏继续歌唱，而夏娃则隐匿在网络之后继续探索人类情绪的奥秘。

利奥波德永远地离去了，但他仍然以另一种方式与这个世界共生。作为夏娃的创造者，夏娃将永远带着他的烙印继续进化升级；作为拥有过劳拉心脏又与之产生情感关联的人，他化身新的天使永远陪伴劳拉左右……当被注入了灵魂、有了情感温度的利奥波德重新审视过去冰冷的、没有感情的自己时，他已洞悉了生命的意义：无穷无尽，永恒不变，超越了恐惧，超越了自我，超越了必将消亡的躯壳，更超越了表象。他已向死而生。

故事有终结之时，隐形的共生关系却生生不息、绵延漫长。

我们或许永远无法阻止人工智能进化的脚步。也许有一天，AI真的能成为情感完备的个体。但是，总有一些东西是AI无法取代的。譬如，浓烈的爱可以打破最精密的设计，以悲壮的死换取永恒的共生。

是遗憾的结局，却也是另一种圆满。

只要有人仍在歌唱热爱，希望的火焰就不会熄灭，生命便能始终延续。

吕莹

2019年8月于南京

图书在版编目(CIP)数据

隐形共生 / (法)富尔科·舍瓦利耶
(Folco Chevallier) 著 ; 吕莹译 . — 重庆 : 西南师范
大学出版社 , 2020.7
ISBN 978-7-5697-0154-8

Ⅰ.①隐… Ⅱ.①富… ②吕… Ⅲ.①长篇小说－法
国－现代 Ⅳ.① I565.45

中国版本图书馆 CIP 数据核字 (2020) 第 045966 号

隐形共生（*PAR-DELA LES APPARENCES*）

YINXING GONGSHENG

[法] 富尔科·舍瓦利耶（Folco Chevallier）著　吕 莹 译

出 品 人：米加德
总 策 划：卢　旭 闫青华
责任编辑：何雨婷
特约编辑：姚敏怡
装帧设计：夏玮玮
出版发行：西南师范大学出版社
重庆市北碚区天生路1号　邮编：400715
http://www.xscbs.com　市场营销部电话：023-68868624
印　刷：重庆紫石东南印务有限公司
成品幅面尺寸：148mm × 210mm
印　张：10
字　数：180千字
版　次：2020年7月 第1版
印　次：2020年7月 第1次
著作权合同登记号：版贸核渝字（2020）第 020 号
书　号：ISBN 978-7-5697-0154-8

定　价：55.00元

读者 Readers 回函表

WIPUB BOOKS

电子回函表入口

姓名：________ 性别：______ 年龄：______ 职业：________ 教育程度：______

邮寄地址：______________________________ 邮编：________

E-mail：____________________ 电话：____________________

您所购买的书籍名称：《隐形共生》

您对本书的评价：

书名：	□满意	□一般	□不满意	故事情节：	□满意	□一般	□不满意
翻译：	□满意	□一般	□不满意	书籍设计：	□满意	□一般	□不满意
纸张：	□满意	□一般	□不满意	印刷质量：	□满意	□一般	□不满意
价格：	□便宜	□正好	□贵了	整体感觉：	□满意	□一般	□不满意

您的阅读渠道（多选）：□书店 □网上书店 □图书馆借阅 □超市/便利店
□朋友借阅 □找电子版 □其他 ________

您是如何得知一本新书的呢（多选）：□别人介绍 □逛书店偶然看到 □网络信息
□杂志与报纸新闻 □广播节目 □电视节目 □其他

购买新书时您会注意以下哪些地方？
□封面设计 □书名 □出版社 □封面、封底文字 □腰封文字 □前言、后记
□名家推荐 □目录

您喜欢的书籍类型：
□文学-奇幻小说 □文学-侦探/推理小说 □文学-情感小说 □文学-散文随笔
□文学-历史小说 □文学-青春励志小说 □文学-传记
□经管 □艺术 □旅游 □历史 □军事 □教育/心理 □成功/励志
□生活 □科技 □其他 ________

请列出3本您最近想买的书：________、________、________

请您提出宝贵建议：______________________________

____

★感谢您购买本书，请将本表填好后，扫描或拍照后发电子邮件至wipub_sh@126.com，您的意见对我们很珍贵。祝您阅读愉快！

图书翻译者征集

为进一步提高我们引进版图书的译文质量，也为翻译爱好者搭建一个展示自己的舞台，现面向全国诚征外文书籍的翻译者。如果您对此感兴趣，也具备翻译外文书籍的能力，就请赶快联系我们吧！

您是否有过图书翻译的经验：□有（译作举例：＿＿＿＿＿＿＿＿＿＿＿＿）
□没有

您擅长的语种：□英语 □法语 □日语 □德语
□韩语 □西班牙语 □其他 ＿＿＿＿＿＿＿＿

您希望翻译的书籍类型：□文学 □生活 □心理 □其他 ＿＿＿＿＿＿＿＿

请将上述问题填写好、扫描或拍照后，发电子邮件至wipub_sh@126.com和xscbsr@sina.com，同时请将您的译者应征简历添加至邮件附件，简历中请着重说明您的外语水平等。

期待您的参与！

西南师范大学出版社
上海万墨轩图书有限公司